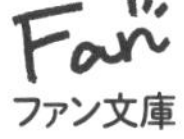

ファン文庫

蛇神様の不都合な運命

著　御守いちる

マイナビ出版

蛇神様の不都合な運命

序章

「出して。ここから出して！」

あたしは監獄の格子を握りしめ、大声で叫ぶ。

でもあたしの声にこたえるものは、誰ひとりとしていなかった。

ここは暗い。世界でひとりきりになったようだ。

独房の格子に身体を預け、あたしはどうしてこうなったのだろうと呆然と思い返した。


すべてのきっかけは、椿（つばき）だった。

義理の姉である朔夜（さくや）椿の命を奪おうとしたため、あたし――長谷川沙彩（はせがわさあや）は刑務所に入れられた。

しかも椿の夫がこの国で権力を持つ〝狼神〟だったため、堅牢な独房が用意された。

高い壁に覆われ、外の景色はまったく見えない。脱獄することはまず不可能だろう。

この部屋には窓さえない。灰色のコンクリートの壁が、独房を覆っている。部屋の正面には等間隔で鉄格子が並んでいる。

檻の中に入れられた最初の日。

あたしは怒り、「ここから出しなさい」と叫び、暴れた。何度も独房の鉄格子を蹴り飛ばしたが、看守は様子を見に来ることすらしなかった。

四畳ほどの独房には、寝台がひとつあるだけだった。

夕飯は、麦飯だけだ。おかずは何もない。

腹が立って、こんなもの食べられるかと皿を床に投げ捨てた。

二日目。

昨日と同じようにあたしは叫び続けた。だけど、やっぱり誰もあたしの声を聞いてくれない。

神薙の屋敷に住んでいる時だったらすぐに使用人が駆けつけて来たし、使用人が来るのが少しでも遅かったら、罰を言いつけていたのに。

ここには誰もいない。人の気配すらしない。

時間になると冷めた目の看守が、まるで機械のように食事を置きに来るだけだ。

三日目。

空腹で叫ぶ元気もなくなった。何しろここに来てから、一切食事をとっていないのだから当然だった。

恥を忍んで、差し入れられた麦飯を食べた。必要以上に水気が多く、ねちゃねちゃしていて気持ち悪い。吐き出したかったけれど、これ以外の物を食べる選択肢は与えられていない。屈辱で涙がこぼれた。

そして一度自分にどんな刑が科されるのだろうと考え出すと、恐ろしくてたまらなくなった。

ここに入った時、椿が温情で、あたしと蛇喰（じゃばみ）の命を奪うのをやめるよう頼んだのだと看守が言っていた。相変わらず、癪（しゃく）に障ることしかしない女だ。

だが、本当にそんな温情はあったのだろうか。

もしあの時あったとしても、椿の夫である真神（まかみ）が却下したかもしれない。

だとすると、あたしは死刑になるのだろうか。

どんな風に殺されるのか。通常なら絞首刑だが、もっと苦しむ方法で殺されるかもしれない。

命を奪われることを想像しはじめると、恐ろしくて眠れなくなった。

十日目。

しばらくまともに眠っていないからか、意識が朦朧としてきた。

誰か、あたしと話をして。あたしの話を聞いて。

掠れた声でそう叫んだけれど、やはり誰も来てくれない。

ここは蒸し暑い。湯浴みは決まった曜日にしかできない。

汗で全身がべたべたとして気持ち悪い。屋敷にいた時は、毎日風呂に入ることができたのに。自慢だった白い肌も栄養を摂っていないからかくすみ、栗色の髪も艶を失って乾いている。自分が自分でなくなっていくようで、怖かった。

それからさらに十日が過ぎ、二十日が過ぎ、そのうちあたしは日数を数えることをやめた。

もう何日、ここにいるのだろう。

あたしはいつになったらここを出られるのだろう。

もしかしたら、一生ここを出られないのかもしれない。

次に出られる時は、死ぬ時だろうか。

「ねえ誰か。誰かいないの……。誰か、あたしと話をして」

誰もいないのは分かっているのに、何もない空間に向かって声を出した。

そうしていないと、頭がおかしくなってしまいそうだった。

いや、あたしはもうとっくにおかしくなってしまったのかもしれない。

孤独は人の心を壊すのだと、初めて知った。


檻の中では、やることがない。せめて何か作業でもさせてくれればましなのに。

膝を抱えて床に座りながら、自分がこんな風になった経緯を思い返した。

あたしがもともと住んでいたのは、神薙という場所だった。

今では普通の人間も暮らすようになったが、神薙は特別な能力である、異能を使うものたちの地だった。

お母様は神薙にある立派な屋敷で暮らしていた。何不自由のない生活だったけれど、異能は使えなかった。

そんなお母様が結婚相手に選んだのは、椿の父親だった。

椿は人間の中では異能が特別強い御三家と呼ばれる家系に生まれ、植物を操る異能を持っていた。

あたしのお母様は、椿に対し冷たく接していた。あたしもお母様と同じように、椿を虐げていた。

だが椿が十六歳になった日、すべてが変わった。

天上に、神々が暮らす天ツ国（あまつくに）という場所がある。異能を使える人々の力も、もともとは天ツ国の神が与えたのだという言い伝えがある。

そして天ツ国の神には生まれつき、『運命の番（つがい）』という特別な人間がいる。運命の番同士が出会うと本人の意思とは関係なく強く惹かれ合い、結ばれる運命にあるという。

天ツ国で強い力を持つ裏の御三家と呼ばれる名家のひとつ、真神家の当主である真神統真（とうま）が、椿の運命の番だった。

真神家の神々たちは、当主の妻になる椿を冷遇したお母様を許さなかった。

真神はこの国を裏から支配するほどの力を持っている。真神の怒りに触れるのを恐れた神薙の人々の仕打ちにより、お母様は慣れ親しんだ屋敷で暮らすことができなくなった。

生活に困ったお母様は遠縁の親戚の家に居候することになり、あたしもそれまでと同じように女学生を続けられなくなった。

あたしを下卑た目で見てくる、気持ちの悪い叔父の住む家に居候しなければいけないと言われ、死んでもごめんだと怒った。

その時、あたしの元に現れた蛇喰は言った。

椿の力が欲しいのだと。

あたしは椿に奪われたものを取り返すために。蛇喰は強い異能を持つ椿の力を手に入れるために。

双方の利害が一致した結果、あたしは蛇喰の手を取り、天ツ国にある蛇喰の屋敷でしばらく生活していた。

蛇喰の屋敷はいつも薄暗く陰気だったけれど、広いし調度品は品がよくて、それなりに気に入っていた。

その後あたしと蛇喰は、椿をさらった。

だが結局計画は失敗し、あたしと蛇喰が椿の命を狙ったことを知った真神は椿を取り戻しに来た。

蛇喰はその時、獣憑(けものつ)きに身体を侵食されていた。獣憑きとは、天ツ国の神々に稀に起こる突然変異のことだ。

獣憑きとなると人の形を保つことができなくなり、化け物になってしまう。

獣憑きが暴走した蛇喰は、結局椿の異能によって、命を助けられた。

あたしと蛇喰は投獄された。

これが事の顚末だ。

後悔はしている。けれどどれだけ悔やんでも、今さらどうしようもない。

昔のことを考えるのにも飽きたあたしは、食事の時間が来るまでただ膝を抱えて壁にもたれて座っていた。

こうやって、何年も灰色の壁を見つめるだけの日が続くのだろうか。

すると今日は、いつもと少しだけ違うことが起きた。

看守が一枚の封筒を差し出したのだ。

「お前宛だ」

どうやら中身を確認されたらしく、封は既に開いていた。

あたしはお母様からの手紙だと思い、慌ててその手紙を開く。だが、封筒に書かれている差出人を見て、椿からの物だということが分かる。

怒りが頭にのぼり、即座にそれを破り捨てた。

「今さら何よ！　椿のせいで……！　椿のせいで、あたしはこうなったのに！」

それからしばらくは、床に散らばった椿の手紙を見ないようにしていた。

だが、ここにいても何もやることがない。

暇を持て余したあたしは、あの手紙に何が書いてあったのか気になってきた。

床に散らばった紙片を、四隅から置いて行く。

ビリビリに破いてしまったため、細かい紙片は何十枚にもなっていて、元に戻すのには骨が折れた。

だが、時間はいくらでもある。他にやることもない。何日かかっても、焦る必要などないのだ。

二時間ほどたった頃には、手紙が完成し、読める状態になった。

椿の字で、あたしのことを心配している旨が書かれていた。

あんな女大嫌いなはずなのに、それを見た瞬間どうしてか涙があふれて嗚咽が漏れた。

ここに来てから、色んなことを考えた。

お母様のこと。

女学校にいた友人のこと。

屋敷の使用人のこと。

真神のこと。

蛇喰のこと。

けれどどうしてかいつも最後に思い浮かぶのは、椿のことだった。

それからも何日も何日も日数が経過し、時折あたしの元に椿からの手紙が届いた。

その手紙を読みながら、虚ろな目で思う。

あたしは一生、ここから出られないのだろうか。

老人になるまで、ずっとこの監獄にいなければならないの？

監獄に入ってからどのくらい日数が経ったのかも分からなくなった頃、突然扉が開いて、外の光が射し込んだ。

「お前たちの刑が決まった。天ツ国からの追放刑に処す」

一章

「眩しい……」

監獄の門の外に出たあたしは太陽を見上げ、目を細めた。

腹が立つほど清々しい青空が広がっていた。

ずっと薄暗い監獄にいたあたしにとって、太陽の光は強すぎる。少し光を浴びているだけで、全身が焼き尽くされて灰になってしまいそうだと思った。

あたしが外に出られない間に、季節はすっかり夏になっていた。

刑務所は、レンガ造りの重厚な壁で覆われていた。

刑務所から出たのに、腕には手錠がつけられたままだ。

「これ、外して」

そう頼んだが、刑務官は恐ろしい目つきでこちらを睨むだけだ。仕方なく、口を噤んだ。

偉そうな刑務官に連れられて進むと、その先に飄々とした様子で蛇喰が立っていた。

こいつもずっと檻の中にいたはずなのに、どうして以前とちっとも変わらない様子なのだろう。

あたしは檻の中にいた間に痩せ細り、肌も髪も艶を失ったはずなのに、蛇喰は涼しい顔をしているのが気にくわない。

蛇喰は蛇神だ。平気なのは、人間でないからか。

腰まで伸びる暗い緑色の長い髪はあまり傷んだ様子がない。男性の受刑者は通常丸刈りにされると聞いたことがあるから、いっそそうされていたらよかったのに。神だからって、配慮されたのだろうか。

蛇喰の肌は血管が浮くほど青白いけれど、これはもともとだ。瞳孔が縦に長い金色の瞳は、相変わらず鋭い光を宿している。すっと通った鼻梁に細い面。悔しいけれど口さえ開かなければ、思わず見惚れるくらい整った顔立ちをしている。

「あんた、なんだか元気そうね」

そう言うと、蛇喰は珍しいものを見るように答えた。

「あなたは珍しくしおらしい様子ですね」

相変わらず嫌味な男だ。

とはいえ監獄にいる間、あたしは人との会話に飢えていた。

久しぶりに誰かと話せる。とにかくそれが何より嬉しかった。

あのまま監獄に何年も閉じ込められたのでは、廃人になりかねない。

私物を持ち、あたしは蛇喰とともに小舟に乗せられた。

と言っても、あたしの荷物は紫色のリボンくらいだ。

このリボンは、監獄に入れられた時に頭に着けていたものだ。

着ていた着物は罪人用のみすぼらしいものに取り替えられ、リボンも看守に取り上げられそうになった。だが特別気に入っていたものなので、大暴れしてこれだけはと死守したのだ。

あたしが噛みつかんばかりの勢いで大げさに暴れたからか、結局看守も折れたようだ。

「そのリボンだけなら構わないだろう」と呆れたように言われた。

危険なものを潜ませていないか検査された後、リボンはあたしの手元に戻ってきた。

あたしと蛇喰は、舟でどこかの島に送られるらしい。

正直、刑が思いの外軽くてほっとしていた。

天ツ国からの追放。

それはつまり、もう神々の住む世界には戻れないことを意味する。

あの美しく都会的な街に二度と訪れることができないのは、残念だ。あたしは蛇喰の屋敷に思いを馳せる。短い間だが、暮らしている間に愛着が湧いた。あの屋敷にも、戻れないのか。

残念だが、命を奪われるよりはずっとましだろう。諦めるしかない。

あたしも蛇喰も、もう戻る場所がない。

お母様と住んでいた屋敷は、お母様の借金を返済するために売り払われ、今頃別の誰かが住んでいるはずだ。

だからこれから舟でどこに流されようと、どうでもいいと思った。

舟に乗るのはあたしと蛇喰、それに漕手（そうしゅ）の三人だけだった。

不用心に思えるが、あたしと蛇喰は腕に手錠をはめられているため、抵抗できない。

舟は三人で乗ったらいっぱいになってしまうような、本当に小さなものだった。

やがて漕手が櫂（かい）を動かすと、舟は海の上を進み出した。

しばらくは黙って海を眺めていたが、それが一時間、二時間と続くとだんだん不安になってくる。

あたしは波に揺られながら、蛇喰に問いかけた。

「ねえ、この舟ってこれからどこに行くの」

蛇喰は平然とした様子で答える。

「罪人が住む島に送られるらしいですよ」

その言葉に、ぞっとして叫んだ。

「は？　罪人の住む島⁉　冗談じゃないわよ！　そんな無法地帯で暮らすのなんて、絶対に嫌っ！」

監獄から出られた時は、この灰色の独房から外に出られるのなら、どこだっていいと考えた。

だが罪人だらけの島など、まともに暮らせるはずがない。着いて早々、命を奪われたっておかしくない。

「嫌よ、嫌！　絶対にそんな場所で暮らすなんて嫌！」

蛇喰は鬱陶しそうに眉をひそめ、落ち着きはらった口調で言う。

「相変わらずやかましい人ですね、と言いたいところですが、その意見には私も同感です」

「じゃあ、どうするつもりなの？」

「行き先を変更させましょう」

「どうやって？」

そう問うと、蛇喰は悪そうな笑みを浮かべ、自分の目を指差した。

「うかがいたいことがあるのですが」

漕手にそう声をかけると、黙々と舟を漕いでいた男が振り返る。

蛇喰は漕手の瞳をじっと見つめた。

蛇喰の瞳は金色で、瞳孔が縦に長い不思議な目だ。

彼が蛇神である所以(ゆえん)だろう。

一緒に暮らすようになってから知ったことだが、彼の異能は『瞳を見た相手を操る力』だ。

この世界には、力の強い神――裏の御三家と呼ばれる存在がいる。

狼神の真神、龍神の龍宮(りゅうぐう)、狐神の玉藻(たまも)だ。

蛇喰は御三家ではない。

だがこの男の瞳を見た相手を操るという力は、そうとう強いのではないかと思う。

以前そうたずねた時、蛇喰は言っていた。

「便利に思えるかもしれませんが、この力は万能ではありませんよ。重ねて使うと効果は弱くなっていきますし、自分より強い力の持ち主にも通じません」

「椿には？」

「パーティーで初めて会った時に使おうとしましたが、通じませんでした」

その返答を聞き、不愉快になったのを思い出した。

蛇喰は以前、真神が主催したパーティーに潜り込んでいた。真神統真の婚約者である椿を天ツ国の有力者に紹介するために開かれたらしい。

あたしはそのパーティーには同行しなかったが、蛇喰はそこで椿と接触したという。

椿が強い異能を持っているので、蛇喰の異能は通じなかったというわけだ。

幸い何の異能も持たない舟の漕手には、蛇喰の異能があっさり通じたようだ。

漕手は素直に蛇喰の命令に応じ、行き先を変更して、舟を今までとは別の方向に向かって漕ぎ出した。

罪人島に行かずにすむと分かり、あたしは安堵（あんど）の息をつく。

虚ろな目をして操られている漕手を眺め、小声で呟（つぶや）いた。

「しかし不用心よね。あんたの異能、刑務所の人間だって知ってたんでしょ？　漕手を洗脳されるとは思わなかったのかしら」

「さあ。もしかしたら、真神はそこまで織り込み済みだったのかもしれませんね」

「え？」

問い返したが、蛇喰はその問いにはそれ以上答える気はないようだった。

「そうだ、ついでに手錠の鍵もいただきましょう」

漕手から鍵を奪い、蛇喰は自分とあたしの手にはめられていた手錠を外した。

手が自由に動くようになって、ほっとする。

舟が目的地に着くまで、あたしはやることもないのでただただ水平線を眺めていた。

「……その異能、あたしには使ってないでしょうね」

何しろあたしには、何の異能もない。蛇喰が異能を使えば、悔しいが抵抗することができないのだ。

訝しんでそうたずねると、蛇喰は冷めた笑みを浮かべて言った。

「あなたに異能を使っていたら、今頃もっと従順でしょうね」

相変わらず不愉快な男だ。どうしてこんな男の手を取ってしまったのか。

その言葉に腹が立ち、あたしはむくれて蛇喰に背を向けた。

「でも、本当にこれからどこに向かうの？　今までの屋敷には住めないものね」

「その上逮捕されたことで、私の財産はほとんど凍結されてしまいました」

思わず蛇喰の方に向き直る。

「え⁉　じゃあ、どうするのよ⁉」

「使用人が守っていた僅かな財産しかありません。しばらく細々と暮らすくらいならなんとかなりますが、仕事を探さないといけませんね」

「仕事ですって⁉」

低い声で唸ってしまう。

何しろ神薙に住んでいた時、あたしは裕福な暮らしをしていた。

お母様の屋敷には、何人も使用人がいた。

欲しい物はお母様にねだれば、流行のワンピースも美しいドレスも大粒の宝石も、何だって買ってもらうことができた。

それに、女学校にだって通うことができた。

そんなあたしが働かなくてはいけないなんて。

一瞬不服に思ったが、神が人間の世界に介入したことで時代が大正から『天境（てんけい）』に改められ、少しずつ女性も社会へ進出するようになっていた。

もう女だからと言って、夫を三つ指ついて出迎えるだけの時代ではないのだ。

タイピストやバスガイドなど、職業婦人も増えてきた。

もし働くなら、デパートのエレベーターガールや電話交換手のような、都会的でお洒落な制服を着られる仕事がいい。

以前デパートで見た、エレベーターガールの姿を思い出す。しゃんと背筋を伸ばし、紺色のベレー帽と制服とハイヒールを身につけていた姿は素敵だった。自分があの制服を着ている姿を思い浮かべ、頬を緩ませる。

きっとあたしなら似合うわ。

そんなことを考えて胸を弾ませているうちに、すっかり日が暮れて夜になる。

やがて小舟は、山間にある小さな村に到着した。

二章

その村が見えた瞬間、なんとなく嫌な予感はしたのだ。

村は山の麓にあった。潮風に吹かれながら、村の周囲を少し歩いたあたしは蛇喰に向かって叫んだ。

「どうしてこんな辺鄙(へんぴ)な村なのよ⁉　せめて、帝都に近い場所にしなさいよ！」

見渡す限り田んぼと畑ばかり、それに小さな古い家が立ち並ぶ貧相な農村だった。

あたしが気に入っている洋服店も宝石屋もデパートもなければ、喫茶店もない。映画館や劇場はもちろん、書店すらなさそうだ。というか、まともな店が見当たらない。

お母様の屋敷に住んでいる時は商人が家まで洋服や宝石の営業に来たこともあったが、そういう感じでもない。

ここにはあたしがときめくものが何もない。

舟から下りて呆然としているうちに、気がつくと漕手は勝手に舟を漕ぎ出し、陸地から遠ざかって行く。

あたしは漕手に向かって大声で叫ぶ。

「ちょっと待って！　ここじゃないの！　帝都に行って！」

しかし漕手はまだ蛇喰の異能にかかったままなのか、ぼんやりとした表情で機械のように一定の速度で舟を漕いでいる。あたしの声など耳に入っていないようだ。やがて、舟は見えなくなってしまった。

「ねえ、あの舟を呼び戻さないと！　もっと都会に行くのよ！」

あたしの金切り声を聞いた蛇喰は、呆れ顔で言う。

「何か勘違いしているようですが、私とあなたは罪人なんですよ。追放刑にされたので、天ツ国には戻れません」

「それは分かってるわよ！　だけど天ツ国は無理でも、帝都の近くの町にすればいいじゃない！」

「帝都は人間の世界だとはいえ、天ツ国と行き来している神々も多く訪れます。もし私たちが帝都で暮らしているのが知られれば、今度こそ罪人の島へ送られますよ。それでもいいと言うなら、あなたひとりで罪人島で暮らしたらどうですか？」

その言葉に、あたしはぐっと唇を噛んだ。

この男の言うことは、癪に障るが大抵は正しい。

だからこそ腹が立つ。

「にしたって、もう少しまともなところがあったでしょう！」

「この村を選んだのには、理由があるのです。ここは、天ツ国の御三家の手が入っていない土地なんです」

そう言われると、納得するしかない。

「……そんな土地、まだあったのね」

天ツ国の御三家の力は絶大だ。

今や日本の大抵の企業は、真神の、もしくは他の二家の息がかかっているという。直接でなくとも、この国で御三家とまったく関わりのない場所を探すのは困難だろう。

ここは辺鄙な土地だからか、真神の関係者がいないというわけだ。

たしかにそれなら、あたしと蛇喰が身を潜めるのには好都合かもしれない。

「それに、この村には投獄される前に隠れ家として借りていた家があります」

そう言って、蛇喰は村を歩き出した。

あたしは不満に思いながらも、しぶしぶ蛇喰の後に付いて行った。

歩きながら、蛇喰は懐に持っていた大きな布を頭に被った。頭巾のような形になる。

そうすると、彼の長い灰色がかった緑色の髪が見えなくなった。

「なんでそんな布を被っているわけ？」

「私の髪の色、目立つでしょう。この村の人間に、神だと気づかれると面倒ですから」

その言葉に驚き、あたしはパチパチと瞬きをする。

「まさか、この村にいる間ずっとそうやって隠すわけ？」

「可能な限りはそうするつもりです。異能を使ってもいいんですが、大人数を相手にするのは神経を使うんですよ」

「ふうん」

まあどっちでもいいけど。

そんな会話をしているうちに、目的地に到着したようだ。

歩きはじめてから数分で、蛇喰は足を止めた。

「ここです」

蛇喰が用意したのは、蹴れば倒れてしまいそうな木造のあばら家だった。

家の周囲には、背丈の高い雑草が伸び放題に生い茂っている。家の外壁はひび割れて煤(すす)けていた。時代の流れから置き去りにされたような家だと思ったが、少し離れた場所にも似たような家が何軒かあるのが分かり、この村全体がどうしようもない田舎なのだと改めて認識した。

あたしは古くてボロボロなその家を眺めて言った。

「ここが物置？　火をつけたらよく燃えそうね」

蛇喰は平然と言った。

「今日からこの家に住むんです」

「嘘でしょう？」

「本当です。雨風をしのげる場所があるだけでも感謝してください」

あたしは顔をしかめながら、家の中に足を踏み入れてみた。

入ってすぐのところに台所と居間があり、その奥に部屋がひとつある。いや、奥の部屋はかろうじて薄い壁で仕切られているので、二部屋のようだ。

隙間だらけだから、外から風が吹き込む。今の季節は夏だからいいけれど、冬になったら寒さで凍え死ぬのではないか。

ボロボロだが、一応風呂と手洗い場が付いているところだけは評価できる。

この家について文句を言おうと思えば、何百個も思い浮かんだ。だがあたしは蛇喰の表情を見て、口を噤んだ。

彼は意地の悪い笑みを浮かべ、得意気に目を細めた。

「嫌なら他の家を自分で探してもかまわないんですよ」

「なっ、何も言ってないでしょ！」

今のあたしは一文無しだ。頼れる親戚もいない。

蛇喰に逆らっても、ひとりで生きることはできない。贅沢が言える状況ではないことは理解している。

とりあえず近くにあった窓を開き、かび臭い空気を逃がすことにした。立て付けが悪く、窓を開くだけでも力がいる。

窓から周囲を見ると、この家と同じような古くて小さな木造の家が点々と並んでいるのが見えた。

この家には、どのくらい人が住んでいないのだろう。ありとあらゆるところに埃が積もっている。床を歩くと、あたしの足の形に足跡がついて溜め息がもれた。

それから、ここで暮らすために荷物を整理することにした。

と言っても、荷物なんてほとんどないけれど。着物と下着が数枚だけだ。

「眠る時は、そちらの部屋を使ってもいいですよ」

蛇喰は二部屋あるうちの一部屋を、あたしの寝室にしていいと言う。

「わあ、なんて嬉しいんでしょう。こんな素敵な部屋を使えるなんて！」

あたしは嫌味たっぷりに言い返した。

蛇喰はやれやれというように目を細める。

……というか、同じ家で暮らすのか。

今までだって蛇喰と同じ屋敷で暮らしていたけれど、以前の屋敷には何人か使用人がいた。

だから蛇喰とふたりきりということはなかった。そもそも蛇喰とは、必要以上の会話をしなかった。

後ろを振り返ると、蛇喰は窓に積もった埃を眺めていた。

それから部屋の中央に置いてあった木箱から、瓶を取り出した。瓶の中には乾燥させた薬草が入っている。瓶はいくつもあるようだ。

「そんな箱、持ってた？」

「ああ、これは私の使用人に頼んで、先にこの家まで運んでもらったものです。薬草や食器、私の服が入っています」

「へえ……。そんなことができるなら、あたしの着物や洋服だって一緒に運んでくれたらよかったのに」

不満を言ったけれど、完全に無視された。

あたしはこの男が何を考えているのか、よく分からない。

男女七歳にして席を同じゅうせずという言葉もあるのに、夫婦になったわけでもない男とふたりで暮らすなんて。

もしかしたら、とんでもないことをしているのではないか。

そうは言っても、非常事態だし他に行く場所もないのだから、どうしようもない。

「何をひとりで百面相しているんですか」

すぐ近くで声が聞こえ、瞬きをすると蛇喰の顔がすぐ目の前にあった。

驚いたあたしは思わず後ずさる。

「何でもないわよっ！」

とりあえず、自分の部屋を見学するとしよう。期待などまったくしていないけれど。

そう考えながら、扉を開いた瞬間。

黒いものが、さっと素早く床を動くのが視界に入った。全身にぞわりと鳥肌が立つ。

部屋を飛び出し、あたしは叫びながら蛇喰に抱きついた。

「きゃあああ！」

「どうしたんですか？」

「むむむ虫、虫が出たのよっ！」

「やれやれ、そんなことですか。うるさいですねぇ」

蛇喰は鬱陶しそうにそう言い、床に転がっていた竹箒（たけぼうき）を拾い上げた。

それからさっきの部屋に入る。あたしは見たくなかったからそっぽを向いていたけれど、パンと床を打ち付ける音がした。

「――っ！」

数秒後、蛇喰が戻って来る。

こちらに近づこうとする蛇喰を見て、あたしは悲鳴をあげた。

「やれやれ、ここの暮らしで虫に怯えていたら、神経が持ちませんよ。そもそも、刑務所にもいませんでしたか？」

「鼠（ねずみ）はいたけど、虫はいなかったのよ！」

そう叫び、じわりと涙がにじむ。

「もう嫌、あたしはこんなところで暮らすのは絶対に嫌よっ！」

お母様の屋敷に住んでいる時も、年に数回虫を見る機会はあった。

だがその時は、すぐに使用人が片付けていた。

ここには使用人などもちろんいない。自分でどうにかしなくてはいけないのだ。

……虫以外にも、嫌なことに気づいてしまった。

掃除も洗濯も食事の用意も、もしかして自分でやらないといけないのだろうか。絶望的な気持ちになってきた。

「ここは地獄？」

「監獄よりはましでしょう」

「どうかしら。しばらく暮らしてみないと分からないわ」


とにかくこのままでは家が汚すぎて、横になることもままならない。

人間が暮らせる状態になるように、蛇喰と掃除をすることにした。

「ああ嫌だ、本当に嫌だわ。一刻も早く、ハイカラな都会の暮らしに戻らなくては」

あたしはぶつぶつと文句を言いながら、その不満をぶつけるようにぞうきんで強く床を拭いた。

家を掃除しながら、あたしは帝都の情景を思い浮かべた。

お気に入りの洋服店へ、お母様とよく一緒に通っていた。それに年に何度かは、ダンスパーティーもあった。百貨店で選んだ流行のドレスやアクセサリーを身につけて、パーティーに参加した。パーティー会場にいるのは上品な紳士と、美しく着飾った淑女ばかりだ。あたしもその一流の人たちの一員なのだと考えると、誇らしかった。

空想にふけっていたあたしは、自分の着ている古びた着物を見て、げんなりする。

今の自分の状況とあまりにもかけ離れていることが残念で、何度目になるか分からない溜め息をついた。

おまけに、この村で暮らす人間も気に入らない。

この家に着いてすぐに、あたしと蛇喰の気配をかぎつけたのか、村人たちが様子をうかがいに来ていた。

あたしは窓から彼らのことを観察した。

村人たちは貧相で野暮ったくて、継ぎ接ぎだらけの汚れた服を着ている。同じ空気を吸うだけで、あたしも野暮ったくなりそうだ。

彼らはあたしと蛇喰が気に入らないのか、遠巻きにひそひそと噂している。

この村には、どうやらほとんど年寄りしかいないようだ。家の周囲に集まっているのは、全部で二十人ほどの老爺(ろうや)と老婆だった。

ああ、年寄りしか住んでいないから、この村って活気がなくて陰気くさいのね。

あたしがひとりで納得していると、村人たちの囁(ささや)き声が聞こえてきた。

「余所者か？　何をしにここに来たんだ？」

「どうやらこの家で暮らすらしいぞ。少し前に、ここに越してくる手続きをしたらしい」

「ああ、村長がそんな話をしていたな」

「どうしてわざわざうちの村へ来たんだ？　誰かの親戚というわけでもなかろうに」

「見たか？　女の顔。派手な顔の女だった。ろくでもない女に違いねえ」

「ふたりで暮らしてるはずだが、もうひとりの姿は見えないな」

「夫婦か？」

「ああ、聞いた話ではそうだ」

「姿を見せられんとすれば、なんぞ後ろめたいことでもあるのか」

「もしかしたら、駆け落ちで夜逃げしてきたんじゃねえか」

何しろ家の壁が薄いので、噂話もすべて筒抜けだ。

あたしはガラリと玄関の戸を開けて、表にいる村人たちに向かって叫んだ。

「何をぶつぶつ言ってんのよ⁉　文句があるなら、直接言いに来なさいっ！」

あたしが怒ると村人たちは、蜘蛛（くも）の子を散らすようにさっと逃げ帰ってしまった。

「直接文句を言う勇気もないのなら、最初から言わなきゃいいのに！」

その光景を見て、奥の部屋にいた蛇喰はおかしそうに笑った。


翌朝、眠っていたあたしは隣の部屋からの物音で目を覚ました。

この部屋にあった布団は薄っぺらくて寝心地が悪かった。背中が痛い。あたしは眠い目を擦りながら、仕切り戸を開いた。

「うるさいわね。何をしているのよ、こんな朝早くから」

戸を開けたあたしは、蛇喰が明らかによそ行きの恰好をしているのに目を見開いた。

相変わらず頭に布を被せ、髪が見えないようにはしているが、黒い長衣を身に着けている。襟は首に沿って高くなっており、折り返しがない。和服とは形が違うけれど、異国のものだろうか。そういえば以前蛇喰の屋敷にいる時も、彼は時折こういう恰好をしていた。

ずるい、自分ばかりいい服を持っていて。あたしはぼろぼろの着物しかないのに。

蛇喰は背中に行李（竹を編んで作った葛籠の一種だ。以前教わった）を背負い、すっかり出かける準備をすませている。

あたしは布団から身体を起こして、蛇喰の方へ這いよった。

「え、何、あんたもしかしてどこか行くの？」

「はい。私の本業は薬師ですから。薬を売りに行きます。さすがにこの村だけでは、商売が成り立たないでしょうから」

その言葉に、眠気が一気に吹き飛んで行った。

「ずるい！　あたしも連れて行って！　客がいるってことは、都会に行くんでしょう⁉」

「その恰好でですか？」

あたしは自分の着ている古びた寝間着を見下ろし、ぴしゃりと仕切り戸を閉じる。

「待って、すぐに準備をするから！」

急いで着替えようとすると、戸の向こうから冷淡な声がした。

「あなたがいても足手まといです」

あたしは再び戸を開き、食い下がった。

「だけどっ……！」

「いい子でお留守番していてください」

まるで小さな子供をあやすようにそう言われた。ふざけている。

「でも、あたしだって手伝いくらいできるわ！」

「薬の知識はありますか？」

あるわけがない。

「薬草を見分けることは？」

草なんて、全部同じに見える。

「病状を診て、どの薬が必要か処方することは？」

適当に、その場にある薬を出しておけばいいのよ。どれかは効くでしょう。

「……荷物持ちくらいにはなるわよ」

「あなた、体力もないでしょう。朝から晩までずっと歩くんですよ？　本当にできますか？　途中で疲れても、おぶってはあげられませんよ」

「そんなこと言わないわよ！」

丁寧に丁寧に、あたしが役立たずだということを説明され、引き下がるしかなかった。

「夜には帰ってきますから」

「ひどい、ひどいわ。こんなつまらない村にあたしをひとりで置いていって。いったいこんな場所で、何をしろって言うのよ」

「夜は家で食べるので、夕食を準備しておいてください。食材は、使用人が置いて行ってくれた野菜と魚の干物があります。海が近いから、魚がよくとれるらしいですよ」

その言葉に目を見開く。

「あたしが食事を作るの？」

そう問うと、蛇喰はわざとらしく周囲を見回した。

「おや、あなたの他に、誰か料理をする人間がいるんですか？　もしいるのなら、ぜひその方に頼んでおいてください」

あたしはぐっと歯を食いしばる。

ああ、本当に腹が立つ！

結局あたしの抵抗も虚しく、蛇喰はひとりで薬を売りに出かけてしまった。

しばらくの間布団の中で丸まって、汚れた壁を眺めながらいじけていた。

「あいつ、本当に薬を売りに行ったのかしら……。あたしに隠れて、どこか楽しい場所に出かけているのかも」

目を閉じるが、再び眠るのも難しそうだ。何もしたくない。けれど、せめて洗濯くらいはしないと。何しろ下着も着物も二、三枚しかない。

数えきれないほどの洋服がクローゼットにあり、使用人がすぐに替えの洋服を用意してくれていた生活を思い出し、憂鬱な気分になった。

あたしは洗濯物が入った籠を持って表に出た。

どうやら洗濯をするには、井戸から水を汲んできて、たらいに着物を入れて洗濯板で擦らなければいけないようだ。

「今時井戸水を使うなんて……。都会では水道が通っているのに」

ぶつくさ文句を言いながら、桶(おけ)を家の裏にある井戸に落として水を汲んだ。

たらいに水を流し、洗濯板で乱暴に着物を擦る。

このくらい簡単だと思ったのも束の間、布がよれていたからか、破れて穴が空いてしまう。

「嘘でしょ⁉　どれだけ弱いのよ！　後で繕わないと……！」

縫い物は苦手だ。今までだったら、着られない服はすぐに捨てて、新しく買い替えていたのに。

今度は破れないように慎重に、着物を擦った。

まだ朝の九時過ぎだというのに、日差しがジリジリと照りつけていて、身が焦げるように熱い。数十分かけてようやく着物を洗い終わる頃には、全身が汗で湿っていた。

だが洗濯はこれで終わりではない。この着物を全部手で絞って、干さなくてはならないのだ。一枚一枚、布を絞るのも力がいる。最後の方は、手が痺れて力が入らなくなっていた。

その後は家の柱に縄を結び、洗濯物を干す場所を作らなくてはいけない。あたしは縄を伸ばして柱に巻き付け、着物を干した。

だが結び方が甘かったのか、風で縄が揺れた時に結び目が解け、洗ったばかりの着物はすべて地面に落ちてしまった。せっかく綺麗に洗った着物が、土にまみれる。

あたしはカッとなり、桶を地面に投げつけて叫んだ。

「あああああっ！　もういやっ！　どうしてあたしがこんなことをしないといけないのよっ！」

しばらく汚れた洗濯物を放置して、家の壁にもたれて座り込んでいた。だがこうしていじけていても、誰かが代わりに洗ってくれるわけじゃない。

あたしは数十分後、ぶちぶち文句を言いながら洗濯をもう一度やり直さなければならなかった。


「よし、今度はきちんと干せたわね！」

洗い終わった着物が風に揺れているのを見ると、ほんの少しだけ達成感があった。

絞りが不十分だったのか着物から地面に水滴が滴っているけれど、今日は天気がいいしすぐに乾くだろう。

あたしは容赦なく照り付ける太陽を睨みつけた。

「にしても、暑いわね。水でも飲んで休憩しないと、洗濯物より先にあたしの方が干からびてしまいそう」

そんなことを考えていると、表から人の声が聞こえた。

「ごめんください」

一瞬聞き間違いかと思ったが、たしかに家の前からだ。

このボロボロの家には、呼び鈴がない。当たり前だが、対応してくれる使用人もいない。

いったい誰が来たのだろう。

不審に思いながら、足音を忍ばせて玄関の方向に回った。

あたしと蛇喰がここに住んでいることは、誰も知らない。

追放刑にされているわけだし、軽々しく口外はできない。郵便だって届くわけがない。

だとしたら、うちに用があるのは何者だ。

そういえば、昨日この村の人間たちがあたしの文句を言っていた。また誰かに文句を言われるのだろうか。

家の陰から、ちらりと表を覗(のぞ)いた。

ひとりの少女が立っているのが見える。

年はおそらくあたしと同じ、十五・六歳だろう。

垢抜けない女だ。丸い輪郭の顔、丸くて黒い瞳。黒い髪は後ろでひとつに結ばれている。肌は少し日焼けしていて、服装は他の村人と同じように、着古して何度も直した着物姿だ。

いかにもこの冴えない村に住んでいる、冴えない村娘という風貌だ。けれど余所者のあたしと蛇喰を警戒して文句ばかり言っていた他の村人とは、少し雰囲気が違う気がする。

そもそも、この村にいるのはほとんど年寄りだと思っていた。こんな若い娘もいたのか。

あたしは表に出て、警戒しながら問う。

「何か用？」

少女はしばらくの間、ぽかんとした表情でこちらを見ていた。

どうして黙り込んでいるのだろう。不愉快に思っていると、少女は焦ったように言った。

「あっ、あなたがこのお家に越してきた方？」

「そうよ」

彼女はぎこちない笑顔を作る。

「すごく美人だから、驚いちゃった」

あたしを初めて見た人間は、大抵みんな「美人だ」とか、「かわいい」と言う。褒められるのには慣れている。

あたしは表情を曇らせて問う。

「それで、何？」

「突然ごめんなさい。同じ年頃の子がいると聞いて嬉しくて、つい来てしまったの」

そう言ってから、少女は不思議そうに瞬いて、家の中を見つめる。

あたしは怪訝（けげん）に思い、彼女を睨んだ。

「何？」

「いえ、一瞬中から花のような、強くて甘い香りがしたから……」

あたしは彼女の言葉に思いきり顔をしかめた。

「甘い香り？　そんなのしないわよ」

この家の周囲は、埃っぽいしかび臭いだけだ。甘い香りのものなどない。

「ここにはろくな食べ物もないし」

あたしが不愉快に思っているのを察したからか、彼女は言い訳のように両手を振った。

「そう……？　それなら、私の気のせいかもしれないわ。すごく、強い香りだと思ったんだけど」

何が言いたいのか分からない少女の態度に、あたしはだんだん苛立ってきた。

「それで、あんたは誰？」

少女はおどおどした様子で、それでもなんとか笑顔を作る。

「ごめんなさい、名乗るのが遅くなって。私は多恵子。佐上多恵子です。すぐ隣の家に住んでいるの」

「……そう」

あたしはちらりと隣の家を見た。家より少し広いが、やはり古い木造家屋だ。

多恵子は気づかうような笑みを浮かべて問う。

「あなたの名前は？」

本名を言っていいものか迷った。

「沙彩」

「沙彩ちゃんね」

「馴れ馴れしく呼ばないで」

ピシャリとそう言うと、彼女は素直に謝った。

「ごめんなさい」

意志の弱い女だ。あたしは会話をやめようとしているのに、多恵子は会話を続けようと頑張っている。

「あなたと、姿は見えなかったけれど、もうひとり女の人がいたでしょう？」

「女？　蛇喰のことなら、あれは男よ」

「えっ、男性だったの？　そうなんだ。さっき、見慣れない人が駅の方に歩いていくのを見たの。きっとここに越して来た人だろうなって思って。遠目だったから、顔はよく見えなかったけれど。細身で色白だったから、てっきりお姉さんかと思った」

たしかに蛇喰は背が高く、すらりとした体形なので遠目で見たら女に見えなくもないだろう。

「でもそういえば、夫婦で引っ越して来たという話を聞いた気がするわ。ねえ、引っ越してきたばかりでしょう。何か手伝えることはある？　今までどこに住んでいたの？」

詮索されるのは不愉快だ。あたしは眉をつりあげ、彼女を威嚇する。

「それ、あんたに話さなきゃいけないわけ？」

そう言うと、多恵子は申し訳なさそうにたじろぐ。

「いえ、そういうわけじゃないの……。おせっかいでごめんなさい。困ったことがあったら、いつでも声をかけて」

「余計なお世話」

あたしは彼女との会話を打ち切り、家に入って扉を閉ざした。

しばらく多恵子が扉の前にいる気配がしたが、やがて諦めたのか去って行った。

そっと扉を開き、誰もいなくなったのを確認してから息をつく。

そして用心深く、もう一度扉を閉めた。

別に、この家の中にいたってやることなどない。退屈紛れに、もう少しあの娘と話してもよかった。だが多恵子のいい人ぶっている態度が、なんだかひどく鼻についた。

「……やっぱりこの村での暮らしって、最低」

あたしは畳の上に座り、窓の外を眺めた。

そういえば、破れた着物を繕わなくてはいけないんだった。それに、蛇喰が帰ってくる前に、夕飯の準備もしなくてはいけない。やらなくてはいけないことは色々あるが、したいと思えることは何もない。

今後の生活を考えただけで、また溜め息が漏れた。

「あんたはいいわね、都会に行けて」

「私も別に、遊びに行っているわけではないんですけどね」

　その日の夜遅く、蛇喰は家に帰って来た。ずいぶん遅かったので、もう二度と帰って来ないのかと思った。

　蛇喰が帰宅するまで一応食事をしないで待っていたので、すっかりお腹が減ってしまった。よってあたしはとても機嫌が悪かった。そのことを察したのか、蛇喰は呆れたように眉を下げる。

「先に食べていてもよかったんですよ」

「一応、初日だし。あんたを待ってたのよ」

「では、いただきましょうか」

　居間に移動し、すっかり冷めてしまった夕飯の前に腰を下ろす。

　今日の夕飯は麦飯、味噌汁、魚の干物だ。

　麦飯は見るからにべちゃべちゃとしているし、魚は焼きすぎたせいで焦げている。

　蛇喰はじっとその料理を眺めている。

「何よ」

「……いえ、食べてみましょうか。いただきます」

あたしはそわそわした気持ちで、蛇喰の様子をうかがった。

蛇喰はあたしの作った味噌汁を一口飲んで、動きを止めた。

あたしは蛇喰をギロリと睨みつける。

「だいぶ塩辛いですね。それなのに、深みは全然ありませんね」

むっとしたあたしは、味噌汁を飲んでみた。

そして顔をしかめる。

たしかに、この味噌汁はあまりにも辛すぎる。だが、塩辛いのにどうにも物足りない味だ。

「出汁をきちんととった方がいいですよ」

そうか、出汁が足りなかったのか。物足りなさの原因が不明だったので、味噌を追加して、結果的に塩辛くなってしまった。

「うるさいわね、仕方ないでしょう！　料理なんかしたことないのよ」

味噌汁を作ったのは生まれて初めてだ。

料理なんて、今までは使用人に任せていたから、まともにしたことがない。

それから蛇喰は真っ黒に焦げた魚をつついた。

「魚はここまで黒くなる前に焼くのをやめた方がいいですよ。食べられる部分がなくなってしまいますから」

「分かってるわよ！」

「それに、麦飯も炊きすぎてべちゃべちゃしていますね。まあ固いよりはいいでしょう」

「うるさいわね！」

おそらく水加減を間違えたのだとは分かったが、釜にかけた後で気がついた。これではまるで粥(かゆ)のようだ。

「それより、白米はないわけ？　あたし麦飯嫌いなんだけど。ついでに言うと、魚も嫌い」

「白米は高価なんですよ。しばらくは麦です。魚だって、貴重な食材ですよ。嫌ならおかずはなしですね」

今後もしばらく同じような食生活が続くのだと分かり、落胆する。

食器を片付けながら、蛇喰が言いたい放題だったことに腹が立ってきた。たしかにあたしの料理は散々だったけれど、できないなりに頑張ったのに。

「一生懸命作ったのに文句ばっかり言うなら、食べなくてもいいわよ！」

怒るかと思ったけれど、彼は予想外のことを言った。

「たしかにそうですね。あなたがまさかここまで何も知らないと思いませんでした」

この男は何か言う度にいちいち文句を挟まないと、喋ることができないのだろうか。

蛇喰は納得したような表情で顔を上げた。

「では、明日は早めに帰るので、一緒に夕飯を作りましょうか」

「は？　あんた料理ができるの？」

「家庭料理ならだいたいは。薬の調合と似ていますから、苦手ではありません」

「というか、あんた一応神様でしょう。料理をするの？」

「家事をすべて妻に押しつけるのは地上の考え方でしょう。天ツ国だとやりたい方がやるので、別に料理をする男性も珍しくないですよ」

「ふうん、そうなの」

納得しそうになり、ハッとして叫んだ。

「あたしはあんたの妻じゃないわよ！」

「何を当たり前のことを言っているんですか」

散々だった食事の時間が終わり、畳に座って蛇喰に訴えた。

「日中退屈なのよ」

「退屈なら、もっと家事をしたらいいのでは？　一般的な家庭では、朝四時頃には起きて、料理や掃除をしているみたいですけど。いえ別に、そこまでしろとは言いませんが」

「そういうのはしたくないわ。そもそも、引っ越しの手伝いをしてくれる使用人はいるんでしょう？　その人に、家事をしてもらえばいいんじゃない？」

「今は賃金を払えないので、休みをとってもらってるんですよ。引っ越しの手伝いは、あくまで善意でしてくれただけです。ずっとただ働きしろとは言えないでしょう」

あたしはその言葉にむくれる。

しばらく考えるような素振りをした後、蛇喰は棚に並んだ瓶を見ながら呟いた。

「では、私の仕事の手伝いをしてもらいましょうか」

「本当⁉」

都会に行けるのだと思って、瞳を輝かせる。

「いえ、一緒に街に行くわけではありません」

「何よ、期待して損したわ」

蛇喰は畳の上に布を敷いて、布の上に瓶から出した薬草を並べていく。

「これが薬になるの？」

「そうです。干したり煎じたり成分を抽出して薬にするんです」

「ふうん」

以前屋敷にいる時も蛇喰が薬を作るところを見たことがあるけれど、あまり興味が持てなかった。薬草を種類ごとにより分ける蛇喰を眺める。

蛇喰は乾燥した草が入った瓶をあたしに手渡した。

「この薬草を、すり鉢ですり潰してください。簡単でしょう。ただ潰すだけです。何の知識がなくても、あなたにもできます」

「いちいち引っかかる言い方をするわね」

とはいえ、たしかに草を潰すだけならあたしにもできるだろう。

あたしはすり鉢に草を放り込み、すり棒で細かく煎じていく。だが、手作業で草を潰すのは、想像以上に重労働だった。すぐに手が疲れてしまう。

「これ、全部手でやらないといけないの？　もっと便利な道具とかないわけ？」

「ここにはありません。もともと住んでいた屋敷には色々道具もあったのですが、持ってこられませんでしたから」

腹が立って力任せに草の根を潰そうとすると、横から口を挟まれた。

「根を強く潰しすぎると、組織が壊れて薬にできなくなります。大切に扱ってください」

数分後、あたしは鉢と棒を投げ捨てて、畳に寝転んだ。

「もう限界。やめるわ」

「さすがお嬢様。箸より重いものは持てないんですね」

「馬鹿にしてるわけ？」

「おや、分かりましたか」

薬作りを放棄したあたしは畳に肘をつき、蛇喰が慣れた手つきで薬を作っていくのを眺めた。

自分でやるのは大変だけど、人が薬を作っているのを見るのは少し面白い。

「薬といえば、あんたの獣憑きって治まったわけ？」

「さて、どうでしょう」

「どうでしょうって……」

蛇喰や他の神々が住んでいた天ツ国には、獣憑きという異形が現れて人々を襲っていた。

天ツ国の神々たちは皆獣神で、通常は自分の意志で動物に姿を変えることができる。だが自らの意志に反して、人の形を保つことができなくなり、それまでの記憶も失い、化け物に変化してしまうことがある。それが獣憑きだ。

天ツ国の神々は獣憑きを忌避し、自分が突然異形に変異してしまうことを恐れた。

被害を広げないように、獣憑きに変異したものを発見次第、殺めていた時代もあるそうだ。

獣憑きによる被害を防ぐために、天ツ国ではやがて軍が組織された。

一度獣憑きに変わってしまったものを元の姿に戻す方法は、存在しない。ずっとそう考えられていた。

蛇喰は唯一の例外だ。

椿をさらった直後、蛇喰は獣憑きになり、一度は自らの肉体も、自我も失ってしまった。

獣憑きを人の姿に戻すのに必要なのは、どんな病でも治すと言われる『神能樹（しんのうじゅ）』という特別な植物の葉だ。

神能樹の存在は幻だと思われていたが、椿だけがその植物を成長させることができた。

椿が成長させた神能樹の葉を飲んだ蛇喰は、以前と同じように自分の身体と精神を取り戻すことができた。

「獣憑きと神能樹には、まだまだ謎が多いですから。今のところは落ち着いていますが、二度と獣憑きにならないとは言いきれません」

「というか、あんたって神様たちからしたら、重要な被検体だったんじゃないの？　追放しちゃってよかったのかしら」

「たしかに天ツ国の神々からすると、獣憑きから自我を取り戻した私は貴重な研究材料になったでしょうね。まあ実験されるのは嫌なので、そうなったらどちらにせよ逃げ出しますけれど」

蛇喰は薬草を仕分けながら目を細めた。

「真神は、私が朔夜椿をさらった事件を、内密に処理したようですよ。あまり他の神に知られたくなかったのでしょう」

「どうして？」

「朔夜椿が神能樹を成長させられることが広まれば、彼女が新たな危機にさらされると考えたのかもしれません」

「ああ、それはそうかもね」

どんな病でも治すことができる奇跡の植物、神能樹。成長させられる能力を持っているのは、この世界で椿たったひとりだ。そのことが広まれば、悪用しようと考えるやつだって現れるだろう。相変わらず、真神は椿を溺愛しているようだし、面白くない。

ただ、その説明で色々納得がいった。

監獄に入れば、事件について厳しい取り調べがあるのだと思っていた。刑務所で看守に拷問されたという噂を聞いたこともあり、どんな恐ろしい場所に入れられるのかと震えていた。

だがあたしは監獄にいた間、ほとんどずっと放置されていた。まるでそこには存在しないかのように。

あの対応は、真神の温情だったのだろうか。

これ以上椿に関わらないのなら、比較的軽い刑ですませてやるということだろう。逆にもし再び椿に害を加えようとすれば、真神は今度こそ容赦しないだろう。

真神統真の殺意のこもった炎のような瞳を思い出し、身震いする。

「ああ、そうだ」

蛇喰は何かを思い出したように、自分の首にかけていた鎖を外す。そして、あたしに手渡した。

「ネックレス？」

鎖の先には、小さな瓶がついている。

瓶の中には、金色の粉が入っていた。瓶を傾けると、その粉はキラキラと輝いた。

「もしもの時のために、神能樹を煎じた薬をあなたに預けておきます」

あたしは獣憑きになった時の蛇喰を思い出し、眉をひそめる。蛇喰は自我を失い、彼の身体を突き破って現れた大蛇は壁に大穴を開けるほど激しく暴れていた。

あたしは蛇喰に渡されたネックレスを、首にかけた。

「たしかに、これはあたしが持っていた方が良さそうね」

「ええ、いざ再び獣憑きの症状が現れて暴走した時に、私が持っていてもあまり意味がありませんから」

とはいえ、果たして獣憑きの蛇喰にこの薬を投与できるかというと、正直あまり自信はない。だが対抗策が何もないよりはましだろう。

あたしは小さな瓶を指でつまみ、眺めながら言った。

「これだけしかないの？　薬は椿がいないと生成できないでしょう。この薬を使い切ったらどうするの？」

「その時のことはその時考えます」

「あんたって、色々考えているようでときどきすごく行き当たりばったりなことをするわよね」

蛇喰は作業をし終わった薬草を紙に包む。

「さて、明日売る薬の用意をしないと」

「いいわね、あんたは出かけられて」

不満を伝えると、蛇喰は思い出したように懐から何か取り出した。

「では、これもあげましょう」

蛇喰はあたしの両手に載るくらいの、小さな紙袋を渡した。

「これは何よ」

「野菜でも育てたらどうですか？　一応、そこに畑があるんですよ」

そう言って、窓の外を指さした。どうやらこの家は畑付きだったらしい。言われた方向を見ると、たしかに猫の額ほどの広さの畑がある。

「野菜ですって？　畑ですって？　このあたしが？」

「どのあたしなのか知りませんが、売り上げが安定するまではまともな食材が買えません。ちょっとは貢献してもらわないと。あなたが何もしないのなら、私だって別に、あなたを養う義務もありませんからね。妻というわけでもないですから」

そのとおりと言えばそのとおりだが、なぜわざわざこういう腹の立つ言い回しをするのか。

「今日薬を売ったら、お礼として野菜の種も一緒にもらったんですよ。野菜が育てば、うちの貧相な食卓もちょっとは豊かになるかもしれませんよ」

「悪かったわね、貧相で」

仕方がないじゃない。材料が貧相なのだから。あたしだって、雑穀や麦みたいな冴えない料理は食べたくない。帝都では洋食が流行して、オムライスやライスカレーが人気だというのに。

あたしは以前お母様と帝都に行った時、洋食屋で食べた鮮やかな黄色のオムライスを思い浮かべた。

考えても今は食べることができないし、お腹が減るだけだった。空腹は敵だ。たしかに野菜が育てば、少しは空腹が紛れるかもしれない。

「分かったわよ。気が向いたら、育てるかもしれないわ」

あたしは不満に思いながら、種が入った紙袋を見下ろした。

翌日洗濯が終わった後、あたしは昨日蛇喰に貰った野菜の種を蒔(ま)いてみることにした。たしか、にんじんとオクラの種だと言っていたはずだ。

あたしは畑の土を掘り返し、種を埋めて、しばらく見つめていた。

だがいつまで経っても、まったく芽は出ない。

「何よこれ、ぜんっぜん芽が出ないじゃない！」

蛇喰に不満を述べてやろうと考えながら立ち上がり、これが普通なのだと気づいた。植物は通常、発芽までに何日もかかるものなのだ。植物の世話など、今まで一度もしたことがないから忘れていた。

以前あたしが住んでいた屋敷には、いつも花が咲いていた。

あの花を育てていたのは、椿だ。

屋敷の花は、成長が早かった。植物は、植えたらすぐに芽を出していた。それに、他の場所にあるどんな花よりも色鮮やかで美しかった。まるで花の一本一本が、芸術品のようだった。

椿は植物を成長させる異能を持っていた。それを近くで見ていたから、感覚が麻痺していた。椿なら種を蒔いた直後、その土に触れるだけで一瞬で花を芽吹かせる。

初めて椿の異能を見た時、あたしはまだ十歳だった。

椿が触れる度に、花が次々と開く姿を見て、どうしようもなく羨ましくなった。

椿と同じように、花を咲かせようと花の芽に触れたことがある。だが異能持ちでないあたしが触れても、当然何の変化もない。腹が立って、その芽をむしり取って捨てた。

お母様が再婚し、椿と一緒に暮らすようになってからのことだ。ある日、椿は花壇でくすくすと笑い、誰かと内緒話をしていた。しかし周囲に人の姿はない。不審に思ったあたしは、椿に問いかけた。

「今、誰と話していたの？」

すると椿は秘密を打ち明けるように告げた。

「実は私ね、植物の声が聞こえるの」

あたしは顔をしかめ、質問を重ねる。

「その花が喋ったって言うの？」

「ええ」

「なんて言ったの？」

「今日はいい天気だねって。近くの家の飼い犬のハチが、散歩に行きたくて同じ場所をぐるぐる走り回っているよって、そう言ってたの」

あたしは椿と一緒に耳をすませてみた。

だがやはり、何の声も聞こえない。

椿はあたしには聞こえない声が聞こえるのだ。特別な力もない自分が馬鹿にされたようで、無性に腹が立った。こんな屈辱的な思いをしたのは、生まれて初めてだった。

神薙は本来、異能を持つ人々が集まってできた町だ。今では神薙にも異能を持たない人間が、三割ほど住んでいる。これから時が流れれば、その割合はもっと増えていくだろう。

お母様は大きな屋敷に住んでいる。あたしたちは他の人間が持っていないものを、たくさん持っている。けれど異能がないことに引け目を感じ、時折無性に居心地が悪くなる。まるで「お前たちの居場所はここではない」と言われているような気がするのだ。

「嘘つき！　そんなの嘘に決まってるわ！　椿の嘘つき！　嘘つき、嘘つきっ！」

そう言って、あたしは椿に泥団子をぶつけた。

それからあたしは、椿に冷たく接するようになった。

昔のことを思い出していたら、憂鬱な気持ちになってきた。

あたしは畑を離れ、家の中に戻った。

やることは毎日色々ある。部屋の掃除をしなくてはいけないし、洗濯をして、破れた着物があれば繕わなくてはいけない。それに食事の準備をして、明日からは畑を見に行かないと。

そんなことをしていたら、あっという間に一日は終わる。

こうして過ごしていたら、いつの間にか何十年も経っているのではないかと想像すると、ぞっとした。

「早くこんな村から出て行かないと」

部屋の掃除を終えたあたしは、自分の部屋にある小さな箱を開いた。

箱の中には、椿から送られてきた手紙が入っている。刑務所に届いたものだ。

箱をひっくり返すと、破り捨てた手紙はバラバラになって畳の上に広がった。

「さっさと捨てればよかった。どうしてこんなもの持ってきちゃったのかしら」

あたしはそれを指先でつまみ、元の形に並べはじめた。

紙片は何十枚もあるが、監獄でこの手紙を並べるのを何度も繰り返したので、破れた形でだいたいどこに位置するのか分かるようになっていた。

椿は、真神統真の運命の番として選ばれた。

以前天ツ国で出会った時、椿は絹の呉服を着て、漆黒の髪を綺麗に結わえて街を歩いていた。あたしの屋敷で暮らしていた時の自信のない椿とは、まるで別人だった。

今も椿は真神統真に愛され、上等な着物を身につけ、髪を使用人に結ってもらい、優雅に暮らしているのだろう。あたしが食べたくて仕方がないオムライスやアイスクリームだって、好きな時に好きなだけ食べられるはずだ。

椿のことを考えると、惨めで妬ましい思いが込み上げてくる。あたしの現在の状況と、あまりにもかけ離れている。

この状況を変えられる唯一の方法があるとしたら――悔しいが、一番現実的なのは、椿に相談することだった。

椿に頼めば、あの女は甘いからきっと助けてくれる。

そう考えた直後、椿に接触したことが知られれば、今度こそ真神統真に殺されるかもしれないと思う。

蛇喰と手を組んだあたしは、椿を呼び出し、彼女をさらった。椿を助けに来た真神統真は、椿に危害を加えたあたしに刀を突きつけた。

真神統真の殺意は、紛れもなく本物だった。

本当に紙一重だった。

あと少しでも違う方向にあたしの顔が傾いていたら、あの刀が少しでもずれていれば、きっとあたしの首は斬り落とされていた。

炎のような怒りを灯した瞳を思い出し、顔を歪める。

そもそも、あたしと蛇喰は天ツ国を追放されたのだ。天ツ国にいる椿に連絡を取る方法が分からない。

罪人がいる島に流されるはずだったのに、それを逃れてここで生活していることが真神に知られれば、今度こそ処刑されるかもしれない。

椿に頼る案は不可能だ。

そう悟ったあたしは、溜め息をつきながら手紙だった紙片を箱に戻した。

野菜の種を蒔いてからは、毎日決まった時間に畑を見に行って水をやるようにしていた。

だが数日経っても、いっこうに芽は出なかった。

蒔き方が間違っているのかもしれない。植物なんて、育てたことがないから分からない。蛇喰に聞けばいいのかもしれないけれど、また馬鹿にされるのも悔しい。

あたしは憤り、じょうろを地面に投げ捨てた。

「どうしてあたしがこんなことをしないといけないのよ！」

すべてが面倒になってきた。

あたしのやっていることなんて、全部無駄なのかもしれない。

その翌日も、畑にはなにも生えて来なかった。

意味があるのか分からないが、とりあえず水をやっておく。

うなだれながらじょうろに水を汲もうとしていると、背後から声をかけられた。

「おい、そこの娘」

あたしは偉そうな物言いに顔をしかめて振り返った。

この老人には見覚えがあった。以前蛇喰が説明していた気がする。

たしか、松里(まつざと)と言ったか。村長だったはずだ。

この男はあたしと蛇喰の姿を見る度に遠回しに嫌味を言ってくるので、顔を覚えていた。

「ちょっと手伝え」

「は？」

「儀式の準備だ」

「儀式って何？」

「真神様の儀式じゃあ」

——真神。あの整った顔と温度のない冷たい瞳を思い出し、頭に血が上る。

「ああ、儀式って岩戸籠(いわとごも)り？」

「そうだ」

天ツ国には、天岩戸（あまのいわと）という神聖な場所があるらしい。見たことがないのでどんなところか想像もつかないが、岩戸と言うのだからおそらく岩で囲まれているのだろう。

この国は、天ツ国の御三家の力によって様々な災害や他国の侵略から守られているという。本当か嘘か知らないが、たしかにこの数十年、この国には大きな災害も他国との争いもない。

国を守るために天ツ国には大きな柱がみっつあり、その柱は三カ所の岩戸に守られ、柱同士を繋いで結界を作っている。

数十年おきに、その結界を新しく張り直さなければならないようだ。結界を張り直すために岩戸に籠るのが、天ツ国の御三家の役目だったはずだ。

その儀式の名を、岩戸籠りという。

岩戸籠りが始まると、御三家の神々は一週間ほど岩戸から出られないらしい。だから岩戸に籠っている神々をねぎらうため、地上でもその期間はつつましく過ごそうという習慣があるようだ。馬鹿らしい。

どうやら村人たちは、巨大な暗幕を総出で作っているようだ。

「この布、何に使うの？」

「岩戸を囲むための暗幕だ」

後ろにいた別の村人が、言葉を付け足した。

「といっても、これは天ツ国にある本物の岩戸を囲むんじゃなく、地上にある岩を囲んで、岩戸籠りに見立てるだけだけどなあ」

「この国のいたるところで、真神様たちの儀式の成功を願っておる」

「そうだ、そうだ。真神様の儀式がうまくいけば、この国は安泰じゃあ」

あたしは思いきり顔をしかめた。

妄信的に真神をありがたがる老人たちの言葉や態度、そのひとつひとつが不愉快だ。

蛇喰はこの村には真神の手が入っていないと言っていたけれど、それでも信仰はしているのか。

神薙に住んでいた頃は、周囲に異能持ちがたくさんいたのであまり意識していなかったけれど、異能を使う人間は本来貴重な存在だ。

ましてや天ツ国に住む神々は、この村の住人からしたら言葉どおり天上の存在なのだろう。

異能ならこの村の人々が邪険にしている蛇喰だって持っている。あいつだって、御三家ほどではないけど、けっこう名の知れた神様なのに。蛇喰に口止めされているから、言わないけれど。

　立ち去ろうとしていたあたしは、松里に呼び止められた。

「おい、待て。お前もこっちを手伝え」

「なにが真神様よ、阿呆らしい」

　それを聞いた村人たちは憤慨する。

「真神様を愚弄するとは何事じゃ！」

「祟りが起きるぞ、祟りが！」

「手伝えと言うておろうが！」

　松里があたしの腕を引こうとするので、その手を乱暴に振り払った。

「嫌よ。どうしてあたしがそんなことをしないといけないわけ？」

「この村に住む人間は、みんな手伝わないといけない決まりだ！」

「決まり？　そんなもん知らないわよ。あたしはこの村の人間じゃないし。ずっとここにいるわけでもないわ」

「ここにいる間は、うちの村の決まりに従え！」

「だから、やらないって言ってるでしょ！」

　カチンときたあたしは、止められていたことを口走ってしまう。

「神様なんて、そこまでありがたがる存在じゃないわよ。あんたたちが邪険にしている蛇喰だって、神様の一柱なんだから！」

あたしははっとして口元を手で押さえる。

しまった、つい言ってしまった。

その言葉を聞いた村人たちは、驚いたように目を見開いた。

それから数秒後。あたしのことを、大声で笑い飛ばした。

「ちょっと、信じてないでしょ！」

松里たちは嘲るような口調で言う。

「あたりめえだ。手伝いたくねえからって、適当言うもんでねえ」

「神様を名乗るなんぞ、罰が当たるぞ！」

「はあ？　本当なのよ！」

地団駄を踏みたくなったが、蛇喰が神なのだと証明できるものが何もないのが悔しい。

蛇喰本人に証明しろと言っても、あいつは今日も薬を売りに出かけているし、いたとしてもどうせ協力してくれないだろう。ああ、忌々しい。

「とにかく、あたしは儀式の手伝いなんかやらないわよ！」

あたしの反応を予想していなかったのか、村人たちは顔を真っ赤にしてこちらを睨み、立ち塞がろうとする。

「邪魔よ、退きなさい」

「手伝えと言っておるだろうが！」

「邪魔だって言ってるでしょう！　あたしは色々やることがあるのよ！」

彼らはまだ文句を言っていたが、あたしはそれを完全に無視して、その場を去った。


畑に水をまいていると、後ろに人の気配がした。

まだ村人の誰かが、しつこくあたしに手伝えと言ってくるつもりだろうか。だとしたら頭に桶の水をかけて、おまけに桶をぶつけてやる。

勢い込んで振り返ると、そこには多恵子が立っていた。

あたしは多恵子を睨みつける。

この女も、真神の儀式の準備を手伝えと言ってくるつもりだろうか。それなら容赦しない。

多恵子はこちらの様子をうかがうように問いかけた。

「芽が出ないの？」

「……え？」

畑の野菜のことを言っているのだと分かり、拍子抜けした。

「……だったら何」

「肥料が足りないんじゃないかな」

「肥料？」

「種を蒔く前に、石灰とかを土に混ぜておくの。そうすると、よく育つようになるから。あと細長く土を盛り上げて、畝も作った方がいいと思うわ。水はけがよくなって、野菜が根を張りやすくなるの」

そんなこと、ちっとも知らなかった。

だが素直に「知らない」と告げるのは悔しくて、黙り込んだ。

「えっと……ご飯、ちゃんと食べてる？　顔色が良くないよ」

多恵子はぼんやりした顔をしているのに、意外と鋭いなと思った。ここ数日、気温が高いのもあって、食欲がない。そもそも食事がおいしくないから、食べる気がしないのだ。まあ作っているのはあたしなのだけれど。

「あのね、よかったらこれ、おすそ分け。甘いものは好き？　隣村の人から、お土産で貰ったんだけど」

そう言って多恵子が差し出したのは、紙袋に入った黄色くて丸い団子だった。

あんこ玉だ！

名前のとおり、小豆餅を丸めてきな粉をまぶしたお菓子だ。

あたしは思わず瞳を輝かせた。

以前はあんこよりカステラやキャラメルの方が好きだったが、今は喉から手が出るほど欲しい。なにせ、監獄に入れられた時からずっと、甘いものなんて口にしていない。

あたしはそれを受け取ろうとした。

だが、多恵子が嬉しそうに微笑むのを見て、伸ばしかけた手を止める。

人の良さそうな顔に見えたって、多恵子だってこの村の住人だ。もしかしたら、他の村人たちの手先だとしてもおかしくない。変なものでも入っているかもしれない。

「……いい、いらない」

「でも、少しでも何か食べた方がいいわ」

なおも多恵子があんこ玉をすすめようとするので、あたしは多恵子の肩を強く押し返した。

「いらないって言ってるでしょ！　あんたみたいな貧乏人の施しは受け取らないっ！」

その拍子に、多恵子は地面に団子を取り落とす。

「あっ……」

食べられなくなってしまった団子を見て、しまったと思う。

ただ断ろうとしただけだった。何もここまでするつもりはなかった。咄嗟に謝ろうと考える。

だがあたしたちのことを見張っていたらしい村人が、後ろからやかましく叫んだ。

「おい、せっかくの多恵子の親切を、無下にするとは何事じゃあ！」

「食べ物を粗末にすると、罰が当たるぞ！」

「そうだそうだ、そんなことするやつは地獄に落ちろお！」

年寄りどもに口を出されたので、かっとなって言い返してしまう。

「うるさいわね、あたしは分けて欲しいなんて一言も頼んでないわよ！」

多恵子は彼らを諫めようとする。

「いいのいいの、私が余計なことをしただけだから」

多恵子はこちらに向かって微笑んだ。

「気にしないでね」

引っ込みがつかなくなり、あたしは逃げるように自分の家に戻った。

家でひとりになると、空腹でお腹が鳴る音が虚しく部屋に響いた。

布団に寝転びながら、後悔の言葉がもれる。

「……やっぱりあの団子、受け取っておけばよかった」

きっと甘くておいしかっただろう。どうして意地を張ってしまったのか。

それに受け取らないにしても、さすがに落として貴重な食料をダメにしてしまったのは申し訳なかった。あんこ玉だって、庶民からすると高級なお菓子だ。

　多恵子の家も、裕福には見えない。というかこの村に裕福な家なんて、きっとない。村人は全員、余裕のない生活をしているはずだ。

冷静になればなるほど、落ちてしまったあの団子が惜しい気がしてきた。

だけど、どうしても素直に受け取れなかった。

他人に憐れまれるくらいならば、空腹で倒れた方がいい。

「……でもやっぱり食べたかったわ」

あたしは悔しくて、布団を引っ掻いた。

あんこ玉、キャラメル、チョコレート、クリームソーダ、カステラ……。今は手が届かない甘味ばかりが頭を過ぎる。甘いものが食べたい。

考えれば考えるほど悔しくて、無理矢理眠ることにした。

眠っている間だけは、空腹も忘れられる。

眠りながら、あたしは蛇喰の屋敷にいた頃の夢を見ていた。

蛇喰の屋敷の地下には、「決して立ち入らないように」と言われていた。

とはいえ、そんなことを言われたら何があるのか見てみたくなる。

ある日暇を持て余したあたしは、蛇喰がいない隙をうかがって、地下の階へ侵入した。

地下の階は、一面が病室になっていた。

いくつも病床が並べられ、何人もの人が苦しそうに横たわっていた。いや、そこにいたのは獣憑きの前兆がある神々たちだった。

だが彼らは、すべて獣憑きに変化しているのではなく、身体の一部が獣憑きで、他の部分は人の姿のものだった。

「何……これは……」

地下に広がっている異様な光景を見たあたしは、思わずよろめいた。

獣憑きが大部分で暴れそうなものは、鎖で寝台に繋がれている。

それに横たわっている人々は、腕に点滴のようなものを打たれていた。

薬？　鎮静剤？　いや、彼らは実験に使われているのではないか。

だって突然変異で現れるはずの獣憑きが、この屋敷にばかり集まっているのはおかしい。

蛇喰は、人為的に神々を獣憑きに変える実験をしている？

理解すると、震えが止まらなくなった。

――逃げないと。

そう考えてよろめいたあたしは、背後にあったなにかにぶつかり、悲鳴をあげた。

「まったく、ここには入らないようにと言ったはずですが」

そこにいたのは、出かけたはずの蛇喰だった。

蛇喰は恐ろしい顔でこちらを見下ろしている。

「ひっ……！」

殺される。

いや、すぐに殺された方がましかもしれない。

あたしもここにいるもののように、人体実験に使われる。

そう考えて、あたしは蛇喰を殴ってでも逃げようとした――。


家の扉が、ドンドンと叩かれる音がした。

夢を見ていたあたしは、はっとして身体を起こす。

「すっかり眠っていたわね」

気がつくと、夜になっていた。どうやら蛇喰が帰宅したようだ。

あたしは玄関の戸を開き、夕飯を作っていないことを思い出して、急いで食事の準備をした。


麦飯を炊き、漬物と味噌汁だけの貧相な食事ができあがった。

あれから何度か蛇喰と一緒に味噌汁を作ったので、今では味噌汁なら普通に作れるようになっていた。

食事をとりながら蛇喰は言った。

「今日は一段と機嫌が悪そうですね」

あたしは今日の出来事を思い出し、いらいらしながら箸を持つ手を動かした。

「村の年寄りたちに、儀式の準備を手伝えって言われたのよ」

「儀式？　何の儀式ですか？」

「もうすぐ、ありがたーい真神様の岩戸籠りがあるでしょう。村の人間はその準備を手伝わないといけない決まりなんですって。まああたしはやらないけど！」

それを聞いた蛇喰は、納得したように頷いた。

「ああ、たしかにもうそろそろ御三家の岩戸籠りがある時期ですね」

あたしは怒りをかみ砕くように漬物を噛んだ。

「早く、こんなつまらない村から出ていきたいわ！」

食事が終わり、皿を運ぼうと立ち上がる。蛇喰がじっとあたしの顔を見つめた。

「な、なによ」

「顔色が良くないですよ。もう少しきちんと食べた方がいい。倒れられても迷惑ですからね」

心配しているんなら、最後まできちんと心配すればいいのに。

あたしは空になった食器を見ながら思う。

そういえば、蛇喰はあたしの食事に小言は言うことはあるけれど、いつも全部食べてくれる。初日のどうしようもない料理でさえ、ひとつひとつ文句を言いながら、残さず食べていた。

……嫌味な男だけれど、ほんの少しだけいいところもあるのかもしれない。

食器を洗った後、蛇喰は掃き出し窓から外に足を出して腰掛け、煙管（キセル）を吸っていた。

もやもやとした白い煙をくゆらせている。

「あんた、そんなの吸うのね。珍しい」

「あまり吸わないようにしているんですが、たまに吸いたくなるんですよね」

煙草のように臭いかと思ったけれど、嫌な臭いはしなかった。

煙管からは草を燃やしたような、少し甘い香りがした。

あたしは隣に座り、さっき見た夢の話をする。

「さっき寝てた時、あんたの屋敷の地下に行った夢を見たわ」

「ああ、私のことを殴って逃げようとした時のことですか」

「本当に殴りはしなかったじゃない」


地下で蛇喰に見つかったあたしは、蛇喰を殴って逃げようとした。

それを察したのか、蛇喰は彼らのことを説明してくれた。

蛇喰は獣憑きに侵され、命が助からない神々たちを屋敷に集め、獣憑きを治療するための薬を試しているのだと言った。

その結果、中途半端に身体が部分的に獣憑きになる、『なりそこない』になっているのだと言う。

その時は、一度獣憑きになってしまった神々は、もう元の姿には戻れなかった。治療法も、治療薬も存在しなかった。

だから病人たちは、「この痛みと苦しみから解放されるのなら」と、蛇喰が薬を使うことを受け入れ、彼の屋敷に地下にいるのだと言う。

たしかに人道的に許されることではない。

だがここにいる獣憑きたちは、何もできずにただ自我を失って化け物になるくらいなら、もしかしたら元の姿に戻れるのではないかという僅かな可能性に賭けて、蛇喰に命を預けたのだ。

残念ながら、ほぼすべての獣憑きは救うことができず、命を落とした。なりそこないの死体は蛇喰の使用人の手で人気のない場所に捨てられたが、稀に息を吹き返し、軍に討伐されたものもいるという。

「なりそこないのこと、もう少し事情を話せば真神だって受け入れてくれたかもしれないのに。あそこにいた人たちは、なりそこないになるのだって、自ら覚悟の上だったんだから」

蛇喰は煙管の煙を吐きながら言った。

「事情を話したところで、私のしたことも、起こったことの結果も変わりませんよ」

「それはそうだけど……。少なくとも、心証は変わったんじゃない？　あんた、何も言わないから私利私欲のために彼らを実験に使ったと思われているわよ」

「私は自分のために薬を見つけるのも目的のひとつでしたし、私利私欲には変わりませんよ。それに私は朔夜椿の力を欲していました。何を言っても、真神の怒りを買うのには変わりないです」

それはそうだけど。まあ過去のことを今さら考えても仕方ないか。

あたしは蛇喰の横に座ったまま、しばらく外から聞こえる虫の鳴き声に耳をかたむけていた。

三章

「あっ！」

その日の朝、いつものように何も期待せずに畑の様子を見に行ったあたしは、驚きのあまり悲鳴をあげた。

地面にしゃがみ込んで、じっと土を見つめる。

「芽が出てる！」

本当に小さな、指先ほどの芽だ。でも、たしかに緑色の芽が顔を出していた。

あたしは興奮して、誰かにこのことを伝えようときょろきょろした。

誰か、誰か！

蛇喰……はいない。あの男は今日も仕事だ。肝心な時にいつもいないんだから、あの男は。

「どうしたの？」

あたしのただならぬ様子が伝わったのか、近くを通りかかった多恵子が声をかけてきた。この娘とは、しょっちゅう顔を合わせる。まあ家が隣なのだから、当然といえば当然か。

誰でもいいから話したかったあたしは、多恵子に報告した。

「芽が出たのよ！」

そう言ってから、昨日多恵子にきつく当たってしまったのを思い出し、口を噤む。

もしかしたら、多恵子はあの時のことを根に持っているかもしれない。

だが多恵子はあたしの隣にしゃがみ、微笑んでやわらかな声で告げた。

「本当だ、よかったねぇ。ちゃんと小さな芽が出てる。沙彩ちゃん、一生懸命お世話してたもんね」

その言葉に、あたしは思わず黙り込んでしまう。

「どうしたの？」

本当に馬鹿がつくほどお人好しだ、この娘は。

「あ、ごめんね、呼び方。馴れ馴れしくしないでって言われてたのに」

あたしはふいと顔をそらして言った。

「別にいいわ、沙彩で」

「本当？」

「ええ。……昨日のこと、悪かったわね」

そう伝えると、多恵子はくすりと笑った。

「もう忘れちゃったわ」


それからあたしと多恵子は、顔を合わせると少しずつ会話するようになった。

多恵子は植物を育てるための知識や、肥料のやり方を教えてくれた。

この村には他に同じ年頃の話し相手がいないのだから、仕方ない。

あたしは多恵子と話す度、どこか懐かしさを覚えていた。

おそらく多恵子から、椿の面影を感じているのだ。と言っても多恵子と椿の顔立ちは、ちっとも似ていない。

椿は、もっと繊細な顔立ちだった。認めたくはないが、清廉とでもいうのだろうか。

椿のいる場所はいつも空気が澄んでいるような、ひとりだけ違う雰囲気をまとっているような、そんな女だった。近所に住む男たちも、椿のことを美人だと噂していた。

多恵子は特別美人というわけではない。十人並みの平凡な顔立ちだ。

だが、穏やかな雰囲気が椿に似ている。柔らかく微笑む表情も、少し椿に近い。

だから多恵子と話している時、あたしはなんだか懐かしい気持ちになった。

◇◇◇

多恵子と話すようになってから、一週間ほどが経った。

今日の多恵子は、弟と妹を全員連れていた。

多恵子と話すようになって知ったが、多恵子には三人の弟妹がいるらしい。

この村に住む子供は、多恵子と多恵子の弟妹くらいだ。普段は弟妹の姿を見ないので、こんなにいたのかと驚いた。やかましいし乱暴だから、子供は苦手だ。

多恵子が説明してくれたが、長男の清(きよし)は八歳、次女の文子(ふみこ)は六歳で、今多恵子に背負われて眠っている次男の正(ただし)が一歳らしい。まあ明日には全部忘れてしまうどうでもいい情報だ。

長男の清が、あたしの顔を見て叫んだ。

「あ、余所者だ！」

生意気な子供だ。

苛立っていると、多恵子の後ろに隠れていた文子がもそもそ呟いた。

「でも、お姫様みたいに美人だよ」

あたしは笑みを浮かべて文子に話しかける。

「そうでしょう、そうでしょう。あんたはなかなか見る目があるじゃない」

清が再び生意気な口調で言った。

「なあ、鬼ごっこしよう」

「もしかしてそれ、あたしに言っているの？」

「そうだよ。他にいないじゃん」

「嫌よ、面倒くさい。どうしてあたしがそんなことをしないといけないの」

「鬼みたいな顔してるんだから、鬼の役をやってよ！」

「誰が鬼ですって⁉」

清の襟首をつかもうとすると、さっと避けて、走って行く。

「こら、待ちなさいっ！　捕まえたらタダじゃおかないわよ！」

まんまと乗せられてしまったあたしは、結局その後数十分、清と文子を追いかけた。

子供たちを追いかけ回したあたしは、すっかりくたくたになってしまった。

「はあ、疲れた」

あたしが土の上に座り込んだのを見て、清がつまらなそうに唇を尖らせる。

「何だー、もう終わり？」

あたしたちを見ていた多恵子がくすくすと笑う。

「こら、清、あまり無理を言っちゃだめよ」

注意された清は返事をした。

「はーい。また遊んであげてもいいよ」

「うるさいわね、もうやらないわよ！」

その後清と文子は、手を繋いで自分の家に戻って行った。

「ありがとう、沙彩ちゃん。普段あまり遊び相手がいないから、すごく楽しかったみたい」

そう言って笑う多恵子は、背中に赤ん坊を背負っている。

「別に、遊ぼうと思って遊んだわけではないけど。こうやってあんたの弟妹と顔を合わせたのは初めてね」

「昼間は学校に通っているの」

「ああ、小学校。こんな場所でも、一応学校はあるのね」

「そうなの、助かるわ。でも歩いて一時間くらいはかかるかな」

「多恵子は学校に行っていないの？」

「うん。小学校だけは行けたんだけど。今は弟や妹が学校に通っているから」

弟たちの世話は、基本的に多恵子がしていると言う。

多恵子の家には祖母もいるが、祖母は足が悪くて働けず、ほとんど寝たきりだという。なので、その祖母の面倒を見るのも多恵子の役目らしい。

畑仕事をしている時は、祖母が一番下の弟を見守っているようだ。

神薙では、裕福でない子供にも学校教育が広まってきた。だが郊外では、こういう家庭も普通らしい。

多恵子は朝四時頃には起きて、弟妹たちの学校の準備をし、家族全員の朝食を作り、彼らを送り出した後は洗濯や繕いものをして、小さな弟や祖母の面倒を見ながら掃除をし、畑仕事をするという。

その話を聞いたあたしは、思わず眉を寄せた。あまりにも多恵子の負担が大きすぎる。

「両親はどうしたの？」

そうたずねると、多恵子は少し寂しそうな顔をした。

「お父さんとお母さんは、去年流行り病で亡くなってしまったの……」

あたしは多恵子の言葉になんと返していいのか分からなかった。

この村には、まともな病院がないのだろう。流行り病で人が亡くなるのも、珍しいことではないはずだ。

様々な部分で、あたしが以前暮らしていた場所とは事情が違うのだと実感した。

翌日の夕方、いつも家のことで忙しそうな多恵子が、なんだか浮かれた様子で駆け寄って来た。

「沙彩ちゃん、沙彩ちゃん！」

「どうしたの？」

今日は弟も妹も連れていない。

どこか浮き足だった様子で、周囲をきょろきょろと確認し、警戒している。いつもぼんやりしている多恵子にしては珍しい。

「今日は、どうしても沙彩ちゃんに見せたいものがあるの！」

「見せたいもの？」

彼女は懐から、何かを取り出す。

あたしは多恵子がそこまで言うものはいったい何なのかと期待した。

多恵子が取り出したのは、くたくたになった雑誌だった。

「これ、どうしたの？」

「都会で流行っている雑誌なんですって。誰かが読んで捨てたのを、回収して売っている人がたまに村に回って来るの。それを買ったの！」

「古本ってこと」

「ええ。でも、まだ綺麗でしょう」

雑誌は少女向けのものだった。

表紙には鮮やかな色彩で、モダンガールが描かれていた。

ツバの広いリボンのついた帽子を被り、パールのネックレスをつけ、白いワンピースを着た少女が、レースのパラソルを持って澄まし顔をしている絵だ。

「お洒落な服装ね」

「ええ、本当にかわいらしい」

あたしはその雑誌をパラパラとめくる。特段変わったところはない。

「え、見せたいものってこれのこと？　ずいぶん周囲を警戒しているから、どんな物騒なものを持っているのかと思えば」

「あのね、あたし、前にもこの雑誌を買ったことがあって」

多恵子は恥ずかしそうに顔を赤らめる。

「れ、恋愛小説を楽しみにしているの」

「ああ、小説の連載が載っているのね」

多恵子はそわそわした様子で続ける。

「こんなの読んでいるって村の人に知られたら、不良だと思われてしまうわ」

あたしは呆れて溜め息をついた。

「いつの時代の話よ。帝都では、映画や劇場やオペラが流行なのよ」

それを聞いた多恵子は、興奮したように頷いた。

「沙彩ちゃん、歌劇を見たの⁉」

「ええ、何度か通ったわ。大人気だから、なかなかチケットが取れなかったけれど。お芝居も素晴らしいけれど、歌とダンスのショーが圧巻だったわ」

多恵子はうっとりとした表情で言う。

「いいなあ、素敵ね。私もいつか劇場に行ってみたいな」

それからあたしたちは多恵子の家の納屋の陰に移動して並んで腰掛け、雑誌を開いた。

恋愛小説は連載の途中だったが、多恵子がかいつまんでこれまでのあらすじを説明してくれた。

主人公の青年は、書生として華族の屋敷に世話になりながら、高等学校へ通っている。

その屋敷には可憐な少女が住んでいた。ふたりは身分違いであることを理解しながらも惹かれ合い、いつしか恋に落ちる。だが恋に落ちたふたりの行く先には、様々な障害が待ち受けている。

だいたい、そんな感じらしい。

「先月号で、少女が重い病を患っていて、余命があと数ヶ月だと判明するの！」

あたしは真剣に雑誌の文字を追った。

自分の余命が短いことが分かった少女は、書生の青年に別れを告げ、もうふたりで会うのはやめましょうと言った。戸惑う書生の青年だが、彼女が病気を隠して療養施設に向かおうとしていることを知る。書生の青年は少女を連れて、ふたりで遠くに逃げようと決意する。

「ここで終わりなの⁉　結局このふたりはどうなるのよ！」

あたしがやきもきしているのを見た多恵子は、楽しそうに笑った。

「ね、ね、面白いでしょう？」

多恵子がこんな風に、年頃の少女のように無邪気に笑うところを初めて見たかもしれない。彼女はいつも、どこか寂しげな顔をしている気がする。

あたしと変わらない年なのに一家の柱になり、弟たちや祖母の面倒を看る重圧が彼女ひとりにかかっているのだから、当然といえば当然か。

多恵子はうっとりとした口調で言った。

「素敵よね、こんな恋愛をしてみたいわ」

あたしは雑誌を多恵子に返して言った。

「たしかに、娯楽がほとんどないこの村だと連載小説は貴重な楽しみね」

何しろこの村には、本当に娯楽がない。

村の人間は朝早くから畑仕事をして、暗くなったら眠るだけの生活をしていることがほとんどのようだ。

「この本の続きが出たら教えてちょうだい」

「うん、また新しい号が買えたら、沙彩ちゃんに真っ先に教えるね」

多恵子にとって、こうやって息抜きをできる時間は長くない。

「そろそろ食事の準備をしないと」

多恵子はいつも忙しそうだ。

あたしは何をしようと考え、大事なことを思い出した。

「そうだ、あたしもあいつが帰って来る前に、向こうの林に行って薪を取ってこないと」

火を起こすには、薪が必要だ。今まで使っていた分がなくなったので、補充しないと火を使えない。

冬になって寒くなれば、暖を取るのはさらに大変だろう。想像すると、今から気が滅入りそうだ。薪を燃やし、たくさん炭を作っておかなくてはいけない。

「じゃあ、また明日」

そう言って林の方向に歩いて行こうとすると、多恵子が焦った声を出す。

「あ、沙彩ちゃん、そっちの吊り橋は渡らない方がいいよ」

今から行こうとしている木々の生い茂った林は、吊り橋を渡ってすぐのところにある。

吊り橋は大きな川の上にかかっている。

「どうして？　橋を渡ったらすぐじゃない」

「そうなんだけど、あの吊り橋、かなり老朽化してて
ね。去年台風があった時に縄が切れかけてるから、今にも崩れそうなの。危ないから、近寄らないでね」

あたしはその言葉に不満を漏らす。

「ええ、だとすると薪を取る時にかなり大回りしないといけないじゃない」

橋を渡ることができれば林は目と鼻の先なので、十分もかからず往復できる。

だが橋を渡らないとなると、村全体の半分ほどの道のりをぐるりと迂回して、川を越えなければいけない。片道だけで二十分以上かかるし、帰りは重い薪を持っているのでより面倒だ。

「橋を直すことはできないの？」

「この村の人はほとんどお年寄りだから。橋全体を直すとなると大がかりな作業になるし、下の川に落ちると危険だから。流れが速いし高さもあるから、落ちたらまず助から

ないでしょう？　そこまでやろうとする人がいないのよ」

「ふうん……」

この村は活気がないだけでなく、家も橋も老朽化しているのか。

この村のどうしようもなさを再認識しただけだった。

「うちに台車があるから、使う時は声をかけて」

「分かった、じゃあ使わせてもらうわ」

あたしは不満をもらしながら、仕方なく台車を引いて遠い道をたどって、薪を持って来なければいけなかった。

遠回りしながら、あたしはちらりと橋の下に流れる川を見つめる。川の流れは激しく、崖のようになっている。ここに落ちれば、まず助からないだろう。諦めるしかない。

その翌日もあたしは畑にしゃがみ、野菜の育つ様子を見ていた。

多恵子に肥料のやり方や土の耕し方を教わったので、野菜の芽も心なしか元気そうに見える。今では数本の芽が土から顔を出していた。

「畑の野菜、だいぶ芽が伸びてきましたね」

突然声が聞こえ、驚いて顔を上げると、いつの間にか蛇喰が隣に立っていた。

「あんた、まだ出かけてなかったの」

「今出かけるところです。あと二ヶ月ほどで、収穫できるでしょうか」

「ええ、そうね。楽しみだわ」

蛇喰は、目を細めてふっと微笑んだ。

「何よ、その顔」

「いえ、珍しく機嫌が良さそうなので、いつもそうやって笑っていればいいのにと思ったんです。あなたはいつも怒っていますから」

「あんたがそうやってあたしを怒らせることを言うからでしょ！」

「おお怖い。怒られる前に、薬を売りに行くとしましょうか」

あたしは遠ざかっていく蛇喰の背中を見つめながら呟いた。

「まったく、本当に余計なことしか言わないんだから」

とはいえ、一応あたしのことを気にかけてくれたのだろうか。そう思うと、悪い気分じゃなかった。

野菜が順調に育っているので、あたしはその日ずっと機嫌が良かった。

夜になり、帰宅した蛇喰と夕飯を食べながら話す。

「多恵子も畑の野菜を見て、もう少ししたら収穫できるかもしれないって言ってたわ」

「そうですか」

「でも、いつも使っているじょうろ、底に穴が空いているから使いにくいのよね。まあ前の住人が置いて行ったものを使っているから、多少不便なのは仕方ないけれど」

「そうですか」

蛇喰は聞いているのかいないのか分からない態度だ。

その態度に腹が立ったので、あたしは今日はもう蛇喰と話すのはやめようとそっぽを向いた。

「おや、今度は何に怒っているんですか？　相変わらず、突然怒り出しますね」

「うるさいわね、放っといて」


自分の部屋に戻り、布団に横たわりながら考えた。

自分で育てた野菜は、どんな味がするのだろう。他の野菜とは違うのだろうか。

屋敷で暮らしていた頃は、嫌いな食べ物がたくさんあった。

にんじんもオクラも、そんなに好きじゃなかった。

料理が口に合わなければ、いつも容赦なく食事を残していた。

お母様が「下げて」と言えば、使用人は申し訳なさそうに皿を下げて、作り直していた。あたしはそれが、力の象徴なのだと思っていた。今考えれば、なんて愚かなことだったのだろう。

あたしは畑の方に視線を向けた。

だが今は戸が閉まっているので、何も見えない。

「野菜を育てることがこんなに難しいなんて、知らなかったわ」

そう呟き、目蓋を閉じる。

あたしは今まで、色々な物を踏みつけにして生きてきたのかもしれない。

あたしが食べている麦も、野菜も、魚も、すべての食材は誰かがこうやって苦労して育てたり、捕ってきたりしたものなのだ。

これからは、もっと食材に感謝を込めて食べることにしよう。

そう考えながら、眠りについた。

だが翌日の朝、いつものように蛇喰を送り出し、畑へ向かったあたしは信じられない

光景を目にして、愕然とした。

――畑が荒らされている。

育ちかけていた小さな芽はもちろん、まだ芽が出ていない場所まですべて。あたしが育てていた畑は全部、乱暴に掘り返されていた。芽は無残に千切られ、土の上に弱々しく倒れていた。

一瞬ねずみか何か、動物がやったのかと思った。山の近くなので、畑に動物が出てもおかしくはない。

だがこれは、人間の仕業だ。

土の上に、あたしと蛇喰のものではない草履の跡が残っている。

それを見て、一瞬で理解した。余所者のあたしたちをよく思わない村人が、夜のうちに畑を荒らしたのだ。

そのことに気づき、怒りで全身が震える。

あたしは近くにあった家を睨んだ。

隣は多恵子の家だ。ここに住んでいるのは多恵子の弟妹と、足の悪い祖母だけ。

多恵子の弟妹はいつも朝から夕方まで学校にいるし、夜に子供だけで出歩いたりしない。肥料のやり方や野菜の育て方を教えてくれた多恵子がわざわざ畑を荒らすはずもない。犯人はいないだろう。

あたしはさらに隣家へ大股で歩いていき、激しく扉を叩いた。

「開けなさいっ！」

だが、返事は返ってこなかった。外に出ているのだろうか。

「こら、開けなさいって！　誰がやったのよ⁉　あんたたちのうちの誰かなんでしょ⁉」

叫びながら、何度も何度も戸を叩く。

しかし、やはり誰も出てこない。

あたしはその隣の家も、そのさらに隣の家も回った。

村中の家の戸を乱暴に叩き、蹴り飛ばした。

「ふざけるなっ！　絶対に許さないっ！」

犯人を見つけて、文句を言ってやる。そうしないと、この怒りはおさまらない。

あたしがどうやって犯人を捜し出そうかと考えていると、後ろから老人に声をかけられた。

「おい、何を騒がしくしとるんじゃ」

声をかけて来たのは、松里だった。

もしかしたら、こいつが犯人じゃないだろうか。松里は以前からあたしと蛇喰が気に入らない様子だったたし、真神の儀式を手伝えと言ってきて揉めたこともある。

「あんたらの誰かでしょ！　あたしの家の畑を荒らしたのは！　誰がやったのよ、正直に言いなさい！」

騒ぎを聞きつけたのか、他にも五、六人の老爺たちが集まってくる。

「松里さん、どうしたんだ？」

「この娘の畑が荒らされて、それをやったのがわしらだって怒ってるんだ」

松里の言葉を聞いた老爺が憤ったように言う。

「そんなもん、野犬かなにかに掘り返されたんじゃろ」

「そうだそうだ。村のもんを疑うんじゃねえ」

「まったく、これだから余所者は」

あたしは大声で言い返した。

「足跡が残ってるのよ！　野犬が草履をはいてるわけ⁉」

「そんなん、お前のもんじゃねえのか？　寝ぼけて自分でやったんだろう」

「そんなわけないでしょ！　だいたいあたしが使っているものとは形が違うわ！　そう

やって言うなら、あんたたちの草履を確認させなさいよ！　足跡と大きさを照らし合わせれば、誰が犯人か分かるかもしれないでしょう！」

松里は顔を突き出し、しわがれた声で言った。

「うちの村のもんをこれ以上疑うのはやめろ！　この村が気に入らないんだったら、お前が出て行け！」

松里の言葉にカッとなったあたしは、近くに落ちていたクワを拾い上げた。そして、松里に向かって振り下ろす真似をする。

脅すだけのつもりだったが、手が滑ってクワは松里の顔を掠め、地面に突き刺さった。

「ひぎぃ！」

松里はその場に尻餅をつき、しばらく信じられないという表情であたしを見ていた。

数秒後、ようやく怒りが到達したように、怒鳴り散らした。

「おめえ、怪我をしたらどうする気だ⁉」

近くにいた村人たちも騒ぎ立てる。

「信じられねえ。何を考えてるんだ⁉」

「人殺し、人殺しだあ！」

やりすぎたとは思ったが、今さら謝る気にもならない。

「うるさいわね、当たらなかったんだからいいでしょ！　それより畑のこと、謝りなさいよ！　あんたらの誰かの仕業なんでしょ！」

その時ちょうど、弟妹を学校に送った帰りであろう多恵子が通りかかった。

あたしたちが揉めているのに気づいた多恵子は、血相を変えてこちらに駆け寄って来た。

「どうしたの、沙彩ちゃん⁉」

「どうしたもこうしたもないわよ！　朝起きたら、畑が全部掘り返されてたの！」

あたしの声に負けじと、松里は憤怒の表情で自分の被害を訴える。

「この娘、クワで襲いかかって来たんだ！」

他の村人たちも、それに追随する。

「ああ、もう我慢できねえ！　こんなやつ、今すぐ村から追い出さんといかん！」

「そうだ、追い出せ！」

「出ていけ、余所者！」

村人たちがあたしの腕を押さえようと、手を伸ばしてくる。

あたしは再びクワをかまえた。

「あたしだって、好きでこんな村に住んでるんじゃないわよ！」

事態を把握した多恵子は、オロオロとあたしと村人たちを見比べている。

「松里のおじいちゃん、どうか落ち着いて」

「落ち着いていられるか！　もう少しで殺されるところだったんだぞ！」

多恵子は松里に向かって、深く頭を下げた。

「そのことについては、私が謝ります。どうか、沙彩ちゃんを許してあげてください。沙彩ちゃんも、大切に育てていた野菜をダメにされて、悲しんでいるんです」

「あんたが謝る必要ないでしょ！」

松里は鬼のような形相で叫んだ。

「いいか、今度同じことをやったら、タダじゃすまんぞ！」

あたしは松里を強く睨み返して言った。

「そっちこそ、次に同じことをしたらあんたの顔にクワを命中させるわ！」

あたしはくるりと踵（きびす）を返し、家の方向に大股で歩いて行った。

人が付いてくる気配がして振り返ると、予想どおり多恵子だった。

多恵子は何か言いたそうに、とぼとぼとあたしの後ろを歩く。

「今回ばかりは、あたしは悪くないわよ！　あいつら大げさに言ってるけど、クワを当てるつもりは最初からなかったし。ちょっと脅かしただけなんだから」

「うん」

「あたしが、どれだけっ……！」

あたしがどれだけ、あの野菜が育つのを楽しみにしていたか。

叫びたかったけれど、多恵子に怒っても仕方ない。

多恵子は泣きそうな顔でこちらを見上げた。

「こんな村でごめんね」

「……どうしてあんたが謝るのよ！」

さっきだってそうだ。どうして自分に非がないのに謝るのか。

「あんたが謝るから、あいつら増長するんじゃないの。謝られた方は、どんなに無茶な要求でも、振りかざせば相手が折れると思うでしょ！」

あたしは知っている。あの村人たちは、時折多恵子に自分たちの畑仕事を手伝わせたりする。荷物を運ぶ時や、縫い物をする時も足が痛いから、目が悪いからと言って多恵子に頼む時がある。

多恵子は多恵子で自分の家族の面倒を見るので忙しいはずなのに、そういうことを嫌な顔をせずに引き受けてしまう。

村人のほとんどは老人だけれど、若い男女がひとりもいないわけじゃないのに。

多恵子が断らないのを分かっているから無理を言うのだろう。

そうやっていいように使われている多恵子の状況にも腹が立つ。

でももしかして、あたしも多恵子をそんな風に扱っているひとりなのだろうか。だって多恵子は何も悪くないのに、あたしの代わりに謝らせてしまった。

あたしは全部嫌になって、家に逃げ帰った。


自分の部屋に帰り、部屋の隅に腰を下ろす。

しばらく時間が経っても、怒りは収まらなかった。

腹が立つ。腹が立つ。腹が立つ。

別のことをして忘れようとしたけれど、皿を洗っていても、繕いものをしようとしても、怒りで全身が震えた。

畑をダメにされたのはもちろん、村人たちの態度も、何も悪くないのにいつも謝っている多恵子も気にくわない。

「蛇喰は帰って来ないし！」

せめて蛇喰に愚痴(ぐち)を言えば、少しは気が楽になるかもしれないのに。

こういう日に限って、蛇喰は帰りが遅い。

居間ですっかり冷めきった夕餉(ゆうげ)を眺めながらうとうとしていたあたしは、机に寄りかかり、いつの間にか眠ってしまった。


眠りながら、夢を見た。

暗闇の中、緋色のワンピースを着た女性の後ろ姿が見える。

――お母様だ。

お母様は縁側に座っていた。

夢の中のあたしは、十歳くらいだった。

これは昔の夢だ。

あたしはお母様に声をかけようと、近寄ろうとした。

しかし様子がおかしいことに気がつき、そっと息を詰める。

お母様は庭に咲いていた、椿の育てた花を鋏(はさみ)で切り落としていた。

ひとつ、ふたつ、みっつ。鋏の音がする度、花の頭が地面に落とされていく。

驚いたあたしは、どうすることもできずに佇(たたず)んでいた。お母様は、どうしてそんなことをするのだろう。とても美しい花なのに。お母様が、椿に育てろと言った花なのに。

庭には、椿が立っていた。

椿はその光景を、無言で見ている。

決して文句は言わない。彼女の瞳は、既に諦めた色をしていた。抗議すれば、矛先が椿自身に向くと知っているからだ。押し入れに閉じ込められたり、外に締め出されたりすると、身をもって知っているのだ。

その時、悲しそうな椿の視線が、あたしとぶつかった。

あたしはどうしていいのか分からず、背を向けて逃げ出した。見てはいけないものを見てしまったと思った。

自分の手で育てた植物を、悪意を持って摘み取られる。

椿と同じことをされた今、彼女を笑う気にはなれなかった。

胸に鉛が沈んだように、ひどく憂鬱な気持ちになった。

昔のことを思い出すと、自己嫌悪でいっぱいになる。

お母様が椿を虐げる記憶は、思い出そうと思えばいくらでも出てくる。

やめて。そんな風に見ないで。だってあたしには、どうすることもできなかった。

家に来たばかりの頃、椿はいつも声を押し殺してひとりで泣いていた。

あたしだって、本当はお母様のことを止めたかった。最初は止めたいと思っていた。

初めて出会った時、あたしは姉ができると知って嬉しかった。他の姉妹のように、おそろいの服を着て出かけたり、一緒に遊んだりしたかった。

けれど、お母様は決してそれを許さなかった。

お母様は、椿のことを――椿の母親を、憎んでいたから。

強い異能を持つ特別な家系である、御三家の朔夜家を、疎ましく思っていた。

だからあたしはお母様に命令され、椿を追いやった。

椿が傷つくことをすれば、お母様はあたしを褒めてくれた。それが正しいのだと思っていた。

……本当にそうだったのだろうか。

あたしだけでも、椿の味方になればよかったのかもしれない。

だけど、そんなの無理だ。

だってあの時、お母様はあたしの中で絶対だった。あたしの世界の中心は、お母様だった。

神薙でも、お母様は力を持っていた。強くて自信に満ちていて、誰にも従わないお母様のことが、誇らしかった。

お母様の命令に背いて、もし嫌われてしまったら。想像するだけで、恐ろしかった。

夢の中で瞬きをすると、椿が目の前にいた。

首の落ちた花を見つめ、悲しそうに涙を流している。

「椿もあの時、こんな気持ちだったのかしら」

あたしは夢の中で、そう呟いた。

その夜、蛇喰の家の前に二十人ほどの村人たちが集まっていた。

狭い村だから、沙彩が松里をクワで脅したという事件は一瞬で広まった。

そして沙彩の行動に怒った村人たちは、沙彩を懲らしめようと考えた。

「なんと言う生意気な娘だ！」

「もう少しで殺されるところだった！」

「松里さん、本当にクワで襲われたのか？」

「ああ、とんでもねえ。あの娘、クワを振りかざして、わしの頭を割る気だった！　本当に当たったら、どうするつもりだったんだ！」

「畑を掘り返しただけじゃ、まだ分からねえようだな」

「男の方は、いつも夜遅くまで出かけてるはずだ。今家にはあの娘ひとりだ」

「ちょっと懲らしめてやろう」

「ああ、そうだな。痛い目にあわせないと分からんようだからな」

村人たちが沸きあがり、今まさに沙彩の家を襲撃しようとした、その時だった。


彼らは背中に、ひどく冷たい視線を感じた。


季節は夏で、夜だといっても蒸し暑い。湿った空気がじっとりと肌に張り付くようだ。

それなのに、ぞわりと全身に鳥肌が立つ。

何か、自分たちの手には負えない、途方もないもの。恐ろしいものの気配を感じる。

村人たちは今までの怒りを忘れたようにしんと静まり返り、後ろを振り返った。


そこには、背の高い長髪の男が立っていた。

男の長い髪は、灰色がかった緑色をしていた。

松里は思った。

見たことのない男だ。だが、どこかで会った気もする。

男があまりにも整った顔立ちなので、本当に生きている人間なのか疑わしい。

月を浴びる真っ白な陶器のような肌も、作り物ではないかという疑いに拍車をかける。

だが男の目が瞬いたことで、やはり生きているのだと悟った。

男の瞳は、金色だった。瞳孔が縦に長い、獣のような瞳。

その瞳で睨まれると、動くことはおろか、呼吸することさえ躊躇(ちゅうちょ)してしまう。

松里は思う。やはり、この瞳を知っている。


――そうだ、蛇だ。


まるで巨大な、人間などひとのみできるような大蛇に睨まれている心地だ。

彼らは誰も身動きできず、言葉を発することもできず、ただただ男を眺めていた。

男は薄い笑みを浮かべて言った。

「おやおや、困った人たちですね」

その一言で、金縛りが解けたように、呼吸ができるようになった。

それに声を聞いて、松里は思い出した。

目の前にある、無礼な余所者が住んでいる家。この家を貸す時、先ほどの声の男と会話をした。

この土地は、村人の市川（いちかわ）という男の持ち物だ。昔は市川の息子夫婦が住んでいたが、都会に引っ越して行ってからは、長年誰も使っていない。

そんな家を、突然借りたいと言ってきたのが蛇喰だった。

家を貸す交渉をしている時、市川と一緒に松里も話を聞いた。

ほとんどのやりとりは、蛇喰の使いの者がしていた。蛇喰本人は顔を隠し、あまり話そうとしなかった。

気味が悪いと思ったが、蛇喰はこんな辺境にある、長年誰も住んでいない古い家を貸すには到底見合わないほどの家賃を先払いすると言った。

条件は、彼らについて詮索しないことだけ。

めったにない儲け話を断る理由もなかったので、怪しいと思いながらも、松里は家を貸すことを認めた。市川も村長の松里がいいならと、それを受け入れた。

去り際、蛇喰は一言だけ呟いた。

「ありがとうございます」と。

その声が、ちょうどこんな声だった。


松里は眉を寄せ、男を――蛇喰を睨みつけて言った。

「お前、あの娘の夫か？」

「夫？　ああ、そうです。ここに越して来た時、そういう話になっていたんでしたね」

正体が分かったことにほっとし、勢いづいた村人たちは口々に叫んだ。

「余所者のくせに、大きな顔しよって！」

「そうじゃそうじゃ、真神様の儀式の手伝いもせんと言うた！」

「嫁の躾くらい、きちんとせんか！」

それを聞いた蛇喰は腕を組み、納得したように頷いた。

「たしかに、そうかもしれません。彼女、口が悪いですから。わがまま放題で育った弊害でしょう」

村人たちが言葉を続ける前に、けん制する。

「ですが、そんなものを持ち出して大勢で襲うというのは、さすがに見過ごせませんね」

村人たちは、その手に農具を握っていた。

旗色が変わったのを察し、村人のひとりが言った。

「いや、これは、ただ持ってきただけだ。ちょっと脅かすだけのつもりで」


蛇喰の瞳が金色に光る。


瞬間、村人たちの手から力が抜け、持っていた農具を地面に取り落とす。

いや、手だけではない。全身の力が弛緩（しかん）した。

視界が揺れ、まともに立っているのも難しい。

なぜだろう。

蛇喰の瞳を見ていると、頭がぼんやりしてくる。

他のことを、考えられなくなる。

彼の言葉だけが、脳の芯に直接流し込まれているようだった。

「いいですね、ここでは、何もなかった。あなたたちは今晩のことは忘れて、早く自分の家に戻りなさい」

村人たちは、みなその言葉に頷いた。

戦意を失い、農具を引きずって、ぞろぞろと大人しく自分の家の方向に向かって歩いていく。

自分たちは、いったい何をしていたのか。

ここで何をするつもりだったのか。

あの男は誰だった？

家に帰りつく頃には、すべてが曖昧になっていた。

異能で彼らを操り、村人たちの思惑が失敗したのを見届けた蛇喰は、疲れたように目頭を指で押さえた。

「やれやれ、いくら何の異能もない相手とはいえ、大人数相手に力を使うと、さすがにくたびれますね」

それから蛇喰は、家の戸を開ける。

「帰りました」

そう声をかけるが、返事はない。

居間の灯りはついていたので、覗いてみると沙彩は机にもたれて眠っていた。

何も知らずに眠る沙彩の寝顔を見つめる。

泣いていたのか、彼女の頬には涙の筋が残っていた。

蛇喰はそれを指で拭い、溜め息をついた。

「まったく。何をしたら、たった数日でここまで村人を怒らせることができるんでしょうね。まあ、あなたといると飽きませんけれど」

蛇喰はそう呟き、小さく微笑んだ。

四章

畑を荒らされた翌日、正直表に出るのは気が重かった。

全部自分が悪いとは思わないが、クワを持って脅したのはやりすぎたかもしれない。

この村の人間たちと仲良くなりたい気持ちなんて、まったくない。けれど、もう少し円滑に人間関係をすすめる努力は必要かもしれない。

……それに。

あたしはちらりと、出かける準備をしている蛇喰の背中を見つめる。

昨日の晩の記憶が、一切ない。

たしか蛇喰の帰りが遅くて、夕飯の準備をして机で眠ってしまったところまでは覚えているんだけれど。

気がついたら朝になっていて、自分の部屋の布団で眠っていた。

まさか、この男が運んでくれたのだろうか。だとしたら、一生の不覚だ。

あたしがよほど憂鬱な顔をしていたのか、蛇喰は家を出る時に、穏やかな声で言った。

「村の人たちのことなら、気にしなくて大丈夫ですよ」

この男が他人を労(いたわ)るようなことを言うなんて珍しい。

あたしがきょとんとしている間に、蛇喰はいつものように家を出て行った。

畑に出てみると、今日も茹(う)だるような暑さだった。こう暑いと、長時間外で立っているだけで倒れそうになる。さっさとやることを終わらせよう。

すると、ちょうど松里が家の近くを通りかかった。

なんと間の悪いことだろう。それとも、あたしが現れるのを待っていたのか。

何を言われるかとピリピリして身構えていたが、松里はすれ違っても、どこか気の抜けた顔でこちらを見るだけだった。あたしと目があっても、ふいと視線をそらす。

「……？」

昨日はあれだけ大声で罵り合い、一触即発状態だったのに。

その後他の村人ともすれ違ったけれど、誰ひとりとして、何も言ってこない。静かすぎて、昨日の出来事が幻だったようだ。

「まるで狐にでも化かされたみたい」

怪訝に思いながら土を耕していると、弟妹を学校に送った帰りの多恵子が歩いてきた。

「沙彩ちゃん、おはよう」

あたしは昨日多恵子に八つ当たりしてしまったことを思い出し、少し気まずいと考える。だが、多恵子は相変わらず人の好さそうな顔で笑っていた。

「おはよう。今日も暑いわね」

あたしと多恵子が話している間にも、またひとり男がすれ違った。

多恵子は「おはようございます」と声をかけたけれど、男はもごもごと挨拶してそのまま去って行く。

多恵子は不思議そうに呟いた。

「おじいちゃんたち、もう怒ってないみたいね」

「本当よ、昨日あれだけ揉めたのに。この暑さで、おかしくなっちゃったのかしら。昨日は今にも殴りかからんばかりだったのに。変だわ」

そう告げると、多恵子はこちらに身体を寄せ、内緒話を打ち明けるように、声をひそめた。

「あのね。実は今日の朝、松里のおじいちゃんの家に行ったの。松里のおじいちゃん、この村の村長だから。沙彩ちゃんのことを怒らないように、みんなに伝えてくださいってお願いしようと思って」

「あんた、そんなことをしていたの」

あたしが驚いて言うと、多恵子は申し訳なさそうに眉を寄せた。

「ごめんね、余計なことをして」

あたしのことを気づかって取りなそうとしてくれたのは分かるが相変わらず、気苦労の多い娘だ。他人のことなど、放っておけばいいのに。

「そうしたらね――」

多恵子はそこで言葉を濁す。

「そうしたら？」

「みんな、昨日の記憶がないんですって」

「……記憶がない？」

「うん。昨日の夜ね、私は知らなかったんだけど。松里のおじいちゃんたち、沙彩ちゃんともう一度話をしようと考えて、みんなで集まったみたいなんだけど……。自分が何をしていたか、覚えていないんだって。気がついたら、家にいたって。それで、沙彩ちゃんと揉めたことすら、はっきり覚えていないみたい。ひとりふたりならともかく、みんなそんな感じみたい。ちょっと不思議でしょう？」

その出来事を聞いた瞬間、頭にひらめくものがあった。

――蛇喰だ。

あの男が、異能を使って村の人間を操ったのだ。

「なるほど、分かったわ」

「え？」

あたしがひとりで納得しているのを、多恵子は不思議そうに見ていた。

多恵子はしばらく考えこんでいたけれど、何かを思い出したように顔を上げる。

「沙彩ちゃん、話の途中で申し訳ないけど、私は用事があるからそろそろ行くわね」

そう言って、多恵子は足早に立ち去ろうとする。

いつもならしばらくは畑仕事をしているから、珍しいと思って問いかけた。

「どこかに出かけるの？」

「ええ、ちょっと用事で隣の村まで行かないといけないの。帰りは夕方になるわ」

「そう」

話し相手の多恵子がいないとつまらないと思ったが、用があるのなら仕方ない。

あたしは自分の家に戻り、洗濯をすることにした。

その日の夜、あたしは蛇喰が帰宅するのを待ち構えていた。

扉を開いた瞬間、あたしが玄関に立っていたので蛇喰は少し驚いたようだ。

「どうしたんですか？」

「なーにが、『村の人たちのことなら、気にしなくて大丈夫ですよ』よ。あんた、村の人間たちに異能を使ったでしょう」

そう言うと、蛇喰は背負っていた行李を玄関に降ろしながら小さく笑った。

「おや、バレてしまいましたか」

「分かるわよ、さすがに。村人たち、記憶が曖昧だって聞いたわよ。どうして？　大人数に異能を使うのは大変なんじゃないの？」

「ええ、大人数に異能を使うのは面倒なのでできればやりたくありません。けれど、村の人々が農具を持ちより、今にも襲いかからんばかりに家の周囲に集まっているのを発見したので」

その光景を想像し、ぞわりと鳥肌が立つ。

大人数に武器を持って襲われれば、相手が老人だろうと、さすがに抵抗のしようがない。円満に解決するのは難しいと思っていたが、そこまで腹を立てていたとは。

「それは……かなり危ないところだったのね」

「ええ。ですから仕方なく、異能を使いました」

「そう……。ありがとう」

「あなたが面倒事を起こすと、私にも火の粉が降りかかってきますからね。今後はこうならないように気を付けてください」

一度言葉を切り、蛇喰は思い出したように言った。

「そうだ、あなたに話そうと思っていたんですが」

あたしが蛇喰の話に耳を傾けた時だった。


外から勢いよく家の扉を叩かれ、びくりとする。

こんな夜遅くに、何だろう。

あたしと蛇喰は思わず顔を見合わせた。

「おい、頼む。開けてくれ！」

また誰かが怒って、家に抗議しに来たのだろうか。

一瞬そう考えたが、なんだかそういう雰囲気でもない。家の戸を叩く男の声は、懇願するような響きだった。

蛇喰は布で顔と髪を隠して、ほんの少し戸を開いた。

類に入る。

戸を叩いていたのは、三十代くらいの男だった。老人だらけのこの村では、若者の部類に入る。

「どうしたんですか？」

男がひどく焦った様子で蛇喰に言った。

「あんた、薬師だというのは本当か？」

「ええ、まあそうですが」

「じいちゃんが倒れたんだ！」

「じいちゃんって？」

「俺は松里。村長の孫だ」

村長の松里は、昨日あたしがクワをぶつけようとした男だ。

「何、あの爺さん倒れたの？」

あたしが口をはさむと男は一瞬強張った顔をしたが、言葉を続けた。

「ああ、少し前から、ときどき胸が痛むと言ってたんだ」

「だったらさっさと病院に行けばいいじゃない」

男はひどく困った様子で言った。

「そりゃあそうできたらいいが、この村には病院なんてない。医者もいない。隣村の医者に診せに行くのにも、時間がかかる」

たしかにそのとおりだ。この寂れた村に医者がいる方が珍しい。

もし自分が病気になったら不便だわ、と他人事のように考えた。

蛇喰は玄関に置いていた行李を持ち上げ、出て行こうとする。

「助けてやるつもりなの？」

彼は振り返り、素直に頷いた。

「私も一応、薬師のはしくれですから」


男は蛇喰を松里の家に案内する。

あたしは迷ったが、ふたりに付いていくことにした。もしかしたら、何かの罠でないとも限らない。

男と蛇喰は田んぼと田んぼの間の畦道（あぜみち）を走った。彼らの足の速さに付いて行けず、あたしはすぐに距離を離されてしまった。

走っているうちに、蛇喰の髪を隠していた布が解けて道に落ちた。

「あっ、待ちなさいよ！　蛇喰、頭を隠さないと！」

今まで正体を隠していたのに。そう叫んだが、蛇喰は薬のことを考えているのか、聞こえていないようだ。

やがて男と蛇喰は松里の家の近くに到着した。

松里は、田んぼの前に倒れていた。心配した村人たちが、何人も集まっている。

あたしが追いついた時には、案の定騒ぎになっていた。

蛇喰の姿を初めてしっかりと見た村人たちは、困惑した言葉をぶつける。

「誰だあ、お前は？」

「お前、あのやかましい娘の夫か」

「何だ、その髪と目は」

「それじゃあ、まるで……」

蛇喰はそれらの言葉をすべて無視して、地面に倒れている松里の側に跪き、症状を尋ねる。

「どこが痛いんですか？」

松里はひどく苦しんでいるようだ。痛みに呻き、自分で起き上がることもできないらしい。

蛇喰を連れて来た男も蛇喰の姿に一瞬戸惑っていたが、松里のことが優先だと考えたのだろう。松里に声をかける。

「じいちゃん、もう大丈夫だ。薬師を呼んできたから」

松里は何か言おうとしたが、蛇喰を見て驚き、それからその後ろに立っているあたしを見て、首を横に振った。

「余所者なんぞ、信用ならねえ」

蛇喰は冷静な声で、重ねて言った。

「いいから、どこが痛むのか教えてください。命にかかわるかもしれませんよ」

松里の孫も松里を説得する。

「じいちゃん、命にかかわるって。お願いだ、きちんと話してくれ。数週間前から、胸が痛むと言ってただろう」

彼らの説得を聞き、やがて松里は、ぽつぽつと症状を話し出した。

数週間前から、時折胸が痛んだこと。呼吸すると苦しくなり、起き上がれないことがあったと。松里の孫も、その話を初めて知ったようだ。

「なんだ、それは。我慢せずに、もっと早く言ってくれりゃあよかったのに」

蛇喰は近くに置いていた行李から、粉薬を取り出した。

「分かりました。ひとまず、この薬を飲んでください。水はありますか？」

そう言うと、近くにいた村人が水を汲んでくる。

だが松里は薬と蛇喰を見比べ、まだこれを飲むか迷っているようだ。あたしはそんなに嫌なら放っておけばいいのにと思う。

「その髪の色と目の色は……」

説明しないと、松里が薬を飲まないと悟ったのだろう。蛇喰は仕方ないという様子で打ち明けた。

「私は神の一柱です。以前は、天ツ国に住んでいました」

その言葉に、その場にいた全員がざわざわと騒ぎ立てる。

「か、神様じゃと⁉」

「天ツ国に⁉」

「神様が、どうしてこんなところに……」

それらの言葉を無視し、蛇喰は再度訴えた。

「私は薬師を生業にしています。とにかく、この薬を飲んでください」

松里は呆気にとられた表情で、言われたとおり素直に薬を飲み下す。

それから、数分が経った。

苦しげな顔をしていた松里は、薬を飲んでから楽になったようだ。

村人たちは心配そうに、松里の様子を静かに見守っていた。

それから、松里がぽつりと呟いた。

「……ああ、楽になった。驚いた。さっきまでほとんど息を吸えんかったのに、ちっとも痛くなくなった」

蛇喰はほっとした表情で告げた。

それを聞いた人々は、わっと歓声をあげる。

「それはよかった。ですが、その薬は一時的に痛みを鎮めるだけです。病気を完治させるものではありません。早めに医者にかかってください」

その言葉を聞き、松里は瞳に涙を浮かべ、手を合わせた。

「ありがたや、ありがたや」

他の村人たちは、興奮したように沸き上がる。

「奇跡じゃあ。神様の奇跡じゃあ！」

それを聞いたあたしは、ぼそりと呟いた。

「いや、痛みがなくなったのは奇跡じゃなくて鎮痛薬のおかげよ」

そんな声など聞こえなかったかのように、松里は地面にひれ伏して、蛇喰を崇（あが）めている。

「生まれて初めてだ、こんなにすぐ近くで神様を見ることができたのは」

「いや、顔を上げてください。別にそんなにありがたいものでもないですから」

近くにいた他の村人たちも、彼に倣うように地面にひれ伏して蛇喰を称えた。

その光景を見ていたあたしは、顔を引きつらせて蛇喰に問いかけた。

「えっ、何これ。これもあんたの異能？」

蛇喰は困惑したように答える。

「違いますよ。異能は使ってません。まあ、痛みが引いてよかったです」

「田舎の老人って信仰深いものね」

あたしはふっと笑って、彼らに向かって叫んだ。

「いい、あんたたち。これからは、きちんと蛇喰の言うことを聞くのよ！」

その言葉を聞いた村人たちは、やはりありがたそうに口々に賛同を示す。

蛇喰は心底呆れたようにあたしを見つめた。

「どうしてあなたが偉そうなんですか」

「いいじゃない。今まで邪険にされ続けてきたんだから、これくらい言ったっておつりがくるわよ」

◇◇◇

松里の一件以降、村人たちの態度は手の平を返したように軟化した。

数日後、松里の孫が家に訪れた。

あれから松里はちゃんと病院に行ったので、大事にならずにすんだようだ。心から感謝している、とお礼に米の入った袋を置いていこうとする。

「いや、さすがに受け取れません」

白米はこの村の人間からすると、途方もないほどに高価な代物だ。この米を買うお金で、数ヶ月は楽に暮らせる。蛇喰もそれを分かっているから受け取れないと言ったのだろう。

「いやあ、あなた様がいらっしゃらなかったら、きっとうちのじいちゃんは死んでいました。そのお礼と思えば、安いもんです」

そう言って、無理矢理米を置いて帰ってしまった。

蛇喰は相変わらず早朝には家を出て薬を売りに行くので、村人たちと直接会う機会はほとんどなかった。

だから態度の変化を受け取るのは、主にあたしだった。

これまでは腫れ物に触るように、目を合わすとひそひそと噂話したり、迷惑そうな顔をしていた。だが松里の騒動があってからは、村人たちはにこやかに挨拶したり、声をかけてきたり、拝んだりする。もしかして、あたしのことも神だと思っているのだろうか。

それに村人たちは、自分たちで収穫した野菜や果物や魚を、家の前に置いていくようになった。お供えでもしているつもりだろうか。

「いいわよ、いらないわよ、あんたたちで食べなさいよ！」

正直食料をもらえるのはありがたいが、この村の人間だって、豊かな生活をしているわけではない。ここまでされる必要はないし、年寄りの食料を巻き上げているようで気が引ける。

だが村人たちは、心からその行為を喜んでいるようだった。

「いやいや、神様に食べていただけるなら、こんなありがたいことはない」

「そうだそうだ、わしらが作った野菜を神様に食べていただける機会があるなんて、夢にも思わなかった」

「ありがたや、ありがたや」

そう言いながら、また両手を合わせて念仏を唱えた。

「だからあたしの顔を見て念仏を唱えるのはやめなさいっ！」

村人たちの置いていった食材のおかげで、家の食卓はにわかに彩りが出てきた。

その日の夜、蛇喰が帰宅してから、いつものようにふたりで夕餉を食べる。

品数が多くなった食卓を見て、蛇喰は呟いた。

「食べるものには、しばらく困らなそうですね」

「本当に。白米が食べられるのは嬉しいけど……」

あたしは村の人々の顔を思い出しながら言う。

「まあでも神様だからって言うよりは、純粋に感謝してるみたいよ。松里の病気を治してくれたのが、嬉しかったんでしょう。あの爺さん、村長だからやっぱり人望があるのかしら」

「この村の人たちは、みんな昔からここで暮らしているから、団結力があるようですね。だからひとり助けられれば、その恩人は村人全員の恩人ということかもしれません」

あたしは味噌汁をすすってから言った。

「ということは、ひとり敵に回せば全員敵になるということね」

大勢の村人を敵に回し、襲撃されかけたことを思い出し、眉をひそめた。また手の平を返されないように気をつけなければ。


食事を終えたあたしは、流しで食器を洗いながら問いかけた。

「そういえば、あんたあたしに何か話があるって言ってなかった？」

松里が倒れた騒動ですっかり忘れていたが、あの出来事がある前、蛇喰はあたしに何か言いかけていた気がする。

蛇喰は隣に並び、洗い終えた食器を布巾で拭きながら答える。

「ああ、大したことではないんですが。あなたの母親が住んでいる場所が分かりました」

その言葉に驚き、あたしは洗っていた茶碗を落としそうになった。

蛇喰の方に身体を向け、大声で問う。

「ものすごく重要な話じゃない！　お母様がどこにいるのか、知っているの⁉」

「ええ。会いに行きたいですか？」

「もちろんよ！」

あたしは皿を洗うのをやめ、蛇喰の着物をつかんで必死に訴えた。

「お母様、あたしを溺愛しているもの。きっと心配しているわ！」

あたしの家族は、昔からお母様だけだった。

実のお父様は、あたしが小さい頃に亡くなってしまったらしい。

それからお母様は椿の父親と結婚したけれど、その男も過労で倒れてそのまま死んでしまったし、あの男を父親だと考えたことはなかった。

真神に睨まれて神薙での生活が苦しくなってから、お母様は屋敷を売り払った。生活に困窮してからは遠縁の親戚に世話になると言っていたが、その後あたしが監獄に入り、消息がつかめなくなっていた。

遠縁の親戚には一度お母様のことを尋ねる手紙を出してみたが、「ここにはいない、もう連絡して来ないで欲しい」と返事が来ただけだった。

ずっと心配だったお母様の行方が、やっと分かったのだ。

「こうしてはいられないわ！　すぐに会いに行きましょう、さあ早く！」

蛇喰は落ち着いた様子であたしをなだめる。

「まあ、待ってください。そんなにすぐに行ける場所ではないんですよ。それに向こうにも都合があるでしょう。私が手紙を送っておきますから、互いに都合のいい日に行きましょう」

「そうよね、分かったわ」

あたしはいつだっていいけれど、たしかにお母様の方は色々準備があるかもしれない。

「……それに、会わない方がいいかもしれませんよ」

その言葉を聞いて、あたしは怪訝な顔をする。

「どうして？　そんなわけないじゃない」

「まあ、あなたがどうしても会いたいのなら止めませんが」

含みのある言葉に、あたしは眉をひそめた。

いったい何なんだろう。まあ蛇喰が回りくどい言い回しをするのは、今に始まったことではない。

あたしはその日、わくわくとした気持ちで布団に入った。

久しぶりにお母様に会える。そうしたら、また一緒に暮らせるかしら。

もしかしたら、お母様は新しい屋敷を購入しているかもしれない。だとすれば、こんな村とはおさらばだわ。もし広い屋敷だったら、蛇喰を置いてあげてもいい。

そんなことを考えると、自然と頬が緩んだ。

蛇喰にお母様の話を聞いてから、一週間ほどが経った。

あたしと蛇喰は、ふたりでお母様がいるという町に向かうことになった。

あたしたちが暮らしている村からしばらく歩いて駅に向かい、そこから半日近くは電車に乗っていた。

朝早く家を出たのに、到着したのは昼過ぎだった。

その町は、想像していたような都会ではなかった。

あたしと蛇喰が今暮らしている村と同じような、活気のない町だ。

いやむしろ、それより悪い。

雰囲気が暗くて、あまり治安がよくない感じがする。通りを歩いていると、昼だというのに酒を呑んで騒いでいる人間や、路上で寝ている人間が目についた。

お母様はてっきり、神薙のような落ち着いていて品がある町か、帝都のように華やかな場所で暮らしていると思った。だがここはそのどちらでもない。

蛇喰は手紙に書かれた住所を見ながら、町を進んで行った。

やがて、あたしが今住んでいるのに負けず劣らずの、古くて汚い家に到着する。

「本当にここなの？」

あたしが疑わしく思っていると、その声が聞こえたのか、中から女性が出て来た。

「沙彩！　ああ、沙彩なの！」

最初は使用人かなにかだと思ったが、声を聞いてお母様本人だと気づく。

変わり果てた彼女の姿に、あたしは一瞬言葉を失った。

神薙の屋敷で暮らしていた時のお母様は、いつも堂々としていた。

緋色のワンピースを身につけ、首には大きな宝石のついたネックレスをつけ、ハイヒールを履いていた。栗色の髪を綺麗に整え、毎日化粧をしていた。とくに真紅の口紅がよく似合っていた。

お母様自身がまるで眩い宝石かのように、周囲の視線を惹きつける人だった。

神薙では珍しい雰囲気だったから、時には疎まれることもあったけれど、お母様はそれらをものともしなかった。

その強い輝きが、あたしは誇らしかった。

だが今目の前にいるお母様は、まるで別人だ。

彼女は何年も雨ざらしにされた木のように、すぐに折れてしまいそうな弱々しい印象だった。

艶のあった髪は潤いを失い、白髪が交じっている。痩せ細った血色の悪い顔、落ちくぼんでいる目の下には隈ができていた。身に着けているのも繕いだらけの黒ずんだ着物で、一年ほど会わなかっただけなのに、その間に何十歳も歳をとったように見える。

お母様と会わなかった間に、いったい何があったのだろう。

戸惑いながら、それでもあたしは愛想笑いを浮かべた。

「お久しぶりです、お母様。今は、蛇喰と一緒に暮らしているの」

「蛇喰様と⁉　ああ、そうなの、本当によかったわね」

そう言って、お母様はあたしの手を握る。

あたしはほっとした。やはり、見た目は少し変わってもお母様だ。

だが次の瞬間、彼女は信じられないことを口にした。

「それなら沙彩、お願い、お金を貸して」

「え？」

「見てのとおり、生活に困っているの。お願い、もう頼めるのは沙彩しかいないのよ」

あたしは言葉を失った。

目の前の光景が白黒になり、ぐにゃりと歪んだ気がした。

……長い間会えなかった娘に対して、一番にかける言葉がお金のこと？

あたしが今までどんな風に過ごしていたか、お母様だって知っているはずだ。

刑務所の独房に入っていたことも。

だがお母様は、一度もあたしに会いに来ようとしなかった。

それどころか、手紙の一通もよこさなかった。あたしの元に届いた手紙は、椿からだけだ。けれどそれにはきっと、深い理由があるのだと思っていた。

お母様も、きっと新しい場所で苦労していて、手紙を書く余裕もないのだと。そう、思いたかった。

実際、お母様だって苦労していたのだろう。

だがどれだけ忙しくとも、本当に娘を愛しているのなら、一目だけでも顔を見ようとするのではないか。手紙の一通くらい、書くのではないか。

監獄から出られたと知り、あたしを迎えに来ようとするのではないか。

昨日までのあたしは、久しぶりにお母様に再会できるという喜びであふれていた。

けれど今は、すべてが色あせて見える。

あたしはお母様の手を放して言った。

「あたしがお母様にできることは、何もないわ」

「そんな、沙彩！　お願い、あなたにしか頼めないのよ！」

お母様は、何度も自分の暮らしのためにお金が必要なのだと訴えた。

だがやがてあたしが聞く耳を持たないということを悟ると、お母様は眉をつりあげて鬼のような形相を浮かべた。

「この裏切り者！　そうやって、自分さえよければ、母親のことはどうでもいいと言うのね！」

「違うわ、あたしは……」

お母様はあたしにつかみかかり、興奮した声で叫んだ。

「今まで育ててやった恩も忘れて！　私があなたのために、どれだけお金を使ったと思っているの！　沙彩が欲しがったものは、何だって買い与えてあげたでしょう！」

彼女の言葉を聞けば聞くほど、頭の芯が急速に冷えていくようだった。

あたしはお母様の手を振りほどき、冷たい視線を向ける。

「きっとお母様は、あたしが側にいない方がいいわ。さよなら」

そう言って踵を返すと、お母様はその場に崩れ落ち、それでもあたしを罵倒する言葉を続けていた。

あたしは振り返らないように、彼女の元から立ち去った。

帰り道、あたしはずっと黙り込んでいた。

身内の恥を知られた羞恥心と、お母様への落胆で、何も話したくなかった。

蛇喰もそれを理解しているのか、何も言わなかった。

駅でしばらく待っていると、電車がやって来た。あたしたちが住んでいる村に着く頃には、すっかり夜になるだろう。

蛇喰と並んで座席に座る。

あたしはじっと窓の外を眺めていた。

時間が経過するごとに、外はどんどん暗くなっていく。

やがて、あたしはぽつりと呟いた。

「……あたしはずっと、お母様に愛されているのだと思っていたけれど、違ったのね」

線路を走る音がガタゴトとうるさいので、蛇喰に聞こえていないのならそれでもいいと思った。

けれど蛇喰には、きちんと聞こえていたようだ。

「だから言ったでしょう。会わない方がいいかもしれないと」

「知ってたの？　お母様が、あんな風になっているって」

「直接見たわけではありませんが、だいたい予想はついていました」

あたしは膝の上で握った自分の拳を見つめる。

蛇喰は悪くない。

どうせ曖昧に濁して連れて行かないと言っても、あたしはひとりでお母様の元へ行っただろう。

「落ち込んでいるんですか」

「別に……」

そう答えようと思って、唇を噛んだ。

我慢しようとしたのに、瞳から涙がこぼれ落ちる。

「薄々気づいていた。あの人は、あたしにぬいぐるみもドレスも宝石も、欲しい物はすべて買い与えてくれた。けれど、あたしを愛してはいなかったのね。あたしはあの人にとって、着せ替え人形くらいの価値しかなかったのかもしれない」

「あなたはどうだったんですか？」

「あたし？」

「本当に、母親のことを愛していましたか？」

「当たり前じゃない！　あたしは……っ！」

そう答えようとして、疑問に思う。

あたしは、どうだったただろう。本当にお母様を思っていたのだろうか。

今日だって、本当にお母様のことを愛しているのなら、どれだけ非難されても彼女を救おうと思えただろう。

結局あたしも、自分のすべてを犠牲にしてまでお母様を救う覚悟はなかった。

そんな自分にも失望した。

「いいじゃないですか。家族だって、しょせんは他人ですよ」

「……それは少しさみしい考え方ね。でも、今のあたしは自分が生きていくだけで精一杯だわ」

「気づけてよかったですね。慰めてほしいですか？」

あたしは隣に座っている蛇喰を睨みつける。

「普通、もっと優しい言葉をかけるんじゃないの」

「おあいにく様、そんな言葉は持ち合わせていませんので」

蛇喰はそう言いながら、あたしの頭を乱暴に撫でた。

「子供扱いしないでよ！」

蛇喰の手をはらいのけながら、あたしは鼓動が速くなるのを感じていた。

きっと頬が赤くなっている。それを見られないように、あたしは再び顔を窓の方へ向けた。

……こんなの、全然嬉しくない。

でも、蛇喰といるのは悪くないと思った。

心にもない慰めの言葉をかけられるより、普段と変わらない軽口をたたいてくれる方が、ずっといい。

「……疲れたわ。それに眠くなってきた」

「眠ったらどうですか。私は起きていますから」

「……うん」

あたしは蛇喰の肩にもたれ、目を閉じた。

しばらく電車に揺られているうちに、あたしはいつの間にか眠ってしまった。

五章

お母様の住んでいる町に行ってから、一週間ほどが過ぎた。

あの日以来、またいつもと同じような生活に戻った。あたしは洗濯をしたり、畑の野菜を育てたり、時には多恵子や村の住人と話したりして過ごしていた。

「たまには気晴らしに、出かけますか」

その日の夜、着物を繕っていたあたしに向かって、蛇喰は唐突にそんなことを言った。

ここに来てから繕いものをするようになり、少しだけ裁縫が上達した。

あたしは針を動かしながら、蛇喰に問いかける。

「出かけるって、どこに？」

あまり期待はしていなかった。今まで蛇喰は一度も、あたしを遊びに連れて行ってくれたことがないから。

「近くの川で、魚でも釣る？　それともそこにある山の中で、木の実でも採るの？　そうだ、あんたが休みの時、薪を持ってこようと思っていたのよ。この間ひとりで行ったら、重すぎて腰が痛くなったから。あと薬草を集めたいと言っていたでしょう。付き合ってあげてもいいわよ」

「おや、そういう方がいいですか」

「そういう方じゃなかったら、どういう方があるのよ」

「浅草で祭りがあるらしいので、縁日に行こうと思ったのですが」

あたしは持っていた着物を放り投げ、蛇喰のすぐ近くまで身を乗り出した。

「ほ、本当⁉　浅草に、浅草に行けるの⁉」

「はい。そんなに嬉しいですか？」

「もちろんよ！」

「でも天ツ国の屋敷に住んでいた頃は、あなたは浅草はもう時代遅れだ、今は銀座がいいと話していませんでしたか？」

あたしは拳を握りしめて力説した。

「あのね、こんな何もない村と比べたら、浅草は天国よ！　本当に浅草に行けるの？　縁日に？」

期待に瞳を輝かせてから、じろりと蛇喰を睨んだ。

「なにか企んでいるんじゃないでしょうね」

「失礼ですね、せっかくあなたをねぎらおうとしているのに。まあ嫌ならいいです」

「行くわ、行く！　絶対に行くから！」

あたしは蛇喰に詰め寄って言った。

「絶対によ？　今さらやめると言ったって、あんたを縛って引きずってでも、絶対に浅草へ連れて行くから！」

「恐ろしいですね」

「でも本当に、どうしてそんなことを言い出したのよ」

「臨時収入が入ったんです」

「ふうん……」

蛇喰の仕事のことはよく知らない。そもそも薬を売って、どのくらいの収入になっているのだろう。あたしと蛇喰が生活できる賃金になるものだろうか。

まあいいや。今は浅草のことを考えよう。

「いつも、同じ着物ばかり着ているでしょう」

「ええ。もともと生地が弱いから、すぐ破れるけど」

「着物も何枚かは買えるはずです。まだ贅沢はできませんけどね」

あたしはその言葉に歓喜する。

ああ、何を買おう！

多恵子に貸してもらった雑誌には、流行の洋服が描かれていた。さすがに洋服を買うのは難しいかしら。

この村に来てから我慢していたけれど、欲しいものを考えればいくらでも思いつく。そうだ、甘いものも食べたい。どら焼きやべっこう飴くらいは買えるだろうか。

「ねえ、出店に農具ってあるのかしら」

今使っているものは、この家にもともとあったものだから、どれも壊れかけだ。貴重な縁日の機会に農具のことなど考えたくないけれど、これからもここで暮らすのなら、購入した方がいいだろう。

そうたずねると、蛇喰は部屋の隅に置いていた行李からじょうろを取り出した。

「そうだ、忘れていました。使ってください」

あたしは新しいじょうろを受け取り、驚いて目を瞬いた。

「これ、どうしたの？」

「この間、じょうろの底に穴が空いて使えないと言っていたでしょう。安く売っていた店を見つけたので、買っておいたんです」

「……覚えててくれたの」

たしかに以前じょうろがまともに使えないという話をしたけれど、蛇喰は話を聞いているのかいないのか分からない態度だった。

きちんと覚えていてくれたことを、素直に嬉しいと思った。

◇◇◇

そうこうしながら日々を過ごしているうちに、縁日の前日になった。

久しぶりに都会に行けるのは楽しみだが、重大な問題がある。

「……着ていくものがないわ」

この家にあるあたしの着物は、本当にぼろぼろのものしかないのだ。

蛇喰は薬を売りに行くからなのか、まだまともな服があるからいい。

「どうしよう」

あたしはかわいらしさの欠片(かけら)もない、古い着物を並べて溜め息をついた。

夕方畑に出て、蛇喰にもらったじょうろで水をまきながら眉を寄せる。

考えたところで、どうしようもないのだけれど。

お母様に会いに行く時はそれどころじゃなかったし、別に遊びに行くわけでもなかったから、服装には気を使っていなかった。それでもやはり、古い着物で電車に乗るのは少し恥ずかしかった。

この村には、あたしよりはるかに裁縫がうまい人がいる。もう少し気づくのが早ければ、新しい着物を仕立ててもらって少しはまともな恰好で出かけられただろう。前日からでは、さすがに間に合わない。

「やっぱり今持っている着物で行くしかないわね……」

あたしが難しい顔をしているのに気づいたのか、隣の家から出て来た多恵子が手を振って歩いてきた。

「どうしたの、沙彩ちゃん。なにか悩み事？」

「明日、縁日に行くんだけど」

「わあ、楽しそう！　どこに行くの？」

「浅草まで」

「すごい！　いいなあ」

「多恵子は縁日に行かないの？　浅草は少し遠いけれど、この村の近くでも祭りがあるんじゃないの？」

「うん、来月隣村でお祭りがあるから、その時は行くつもりだよ。浅草に比べるともちろん小さいけど、盆踊りをしたり花火があがったり、けっこう楽しいよ」

「へえ、それも楽しそうね」

「沙彩ちゃんも一緒に行きましょうよ」

「うん、その時はあたしも行くわ」

多恵子は不思議そうに首を傾げた。

「でも縁日に行くのに、どうして暗い顔をしていたの？」

あたしは明日の着物のことを思い出し、顔をしかめた。

「……まともな着物がないのよ」

多恵子はにこりと微笑んで言った。

「ああ、沙彩ちゃんそれで悩んでいたの。それなら、私の着物を貸してあげるわ」

思ってもみない提案に、あたしは目を瞬いた。

「多恵子の着物を？」

あたしは目の前にいる多恵子を見つめる。あたしと負けず劣らずの、土にまみれた古い着物を着ている。

以前のあたしなら「あんたに借りても意味がないと思うわ」と冷たくあしらっていた

ところだけど、さすがにそんなことは言わない。この村に来てから多恵子には、色々助けられている。

「……それなら、お願いしてもいい？」

「もちろん。明日の朝までに用意しておくから」

「ええ、頼むわ」

あたしは畑の用事を済ませ、多恵子と別れた。

正直、多恵子の着物にはまったく期待していない。

だがあたしの家にあるのは、繕いばかりのぼろ切れ同然の着物だ。それよりましなものが出てくれれば、御の字だ。

翌日、あたしは多恵子の家の中に初めて入った。

「お邪魔します」

案内されて居間へ行くと、生意気な長男の清がいた。

「あ、沙彩だ！　なあ、今日も遊ぶ？」

多恵子は清の背中を押しながら言った。

「沙彩ちゃんは今からお出かけするから遊べないのよ」

「えー、そうなの！　ちぇっ」

あたしと遊びたかったのか。少しはかわいいところもあるじゃない。

「着替えるから、清は向こうの部屋に行っててね」

別の部屋に通され、多恵子の用意した着物を見てあたしは息をのんだ。

「……着物ってこれ？」

「うん」

その着物は、淡い紫色だった。

桃色と白の牡丹（ぼたん）の花と、蝶の模様が描かれている。花や蝶の輪郭は、金色の糸で縁どられていた。

落ち着きがあるけれど華やかで、想像していた何十倍も素敵な着物だった。

「いい着物でしょう？」

あたしはパッと笑顔になって何度も頷いた。

「ええ、すごくいいわ！　こんなに綺麗な着物を持ってるなら、普段から着ればいいのに」

多恵子は苦笑した。

「この着物じゃあ、畑仕事はできないでしょう。汚れてしまうし」

「たしかにそうね」

「以前、村のみんながお金を集めて、この着物を用意してくれたの。汚れたらもったいないから、なかなか着る機会がなくって」

「そうだったの……」

　この村の人間たちは、余裕がないのに多恵子のためにお金を集めて着物を買ってくれたのか。素直にいい話だと思う。まあ多恵子は普段から村人たちのために色々手伝っているし、老人たちからすると孫のような存在なのだろう。

「でもそんな大事なものを他人に貸すなんて、多恵子はお人好しね。あたしだったら絶対に持っていることを隠しておくわ」

　すると多恵子はくすくすと笑う。

「いいのよ。沙彩ちゃんに着てもらえるなら、着物だってきっと喜ぶわ。箪笥(たんす)にしまわれているより、その方がずっといいもの。さ、早く着替えましょう」

　あたしは紫の着物に袖を通す。

　多恵子は帯を締めてくれた。

　着物姿のあたしを見て、多恵子はきらきらと瞳を輝かせる。

「沙彩ちゃん、絶対に紫色が似合うと思っていたの！」

多恵子はあたしの髪を櫛でとかしながらはしゃいでいる。

あたしは持って来た紫のリボンを多恵子に渡した。

「あ、そうだ、リボンがあるの。髪を結ぶ時につけてもらえる？」

監獄に入った時もこれだけは守り抜いた、大切なリボンだ。

「うん、それじゃ結ぶね。リボンも紫色なんだ。着物とぴったりだね」

多恵子はあたしの髪の上の方をすくって三つ編みにし、そこにリボンを結んでくれた。

「沙彩ちゃんのリボン、すごくかわいい。とっても似合ってるわ！　私、リボンをつけている女の子って初めて見た。雑誌で見たことはあるけど、ほら、この村には洋装の人っていないから」

多恵子はそう言って絶賛する。褒められて悪い気はしない。

「私には、とてもこんな素敵なリボンは似合わないから羨ましいな」

「そんなことないでしょう。試しに着けてみればいいじゃない。多恵子にだって、似合うと思うけど」

そう言ってリボンをすすめたけれど、多恵子は遠慮がちに断った。

準備が整ってから、あたしは鏡にうつった自分の姿を見つめた。

「ありがとう。多恵子のおかげで出かけても恥ずかしくない恰好になったわ」

多恵子はにこにこしながら答える。

「村の人たちが言ってたわ。一緒に暮らしているの、とっても美しい方なんでしょう。天ツ国に住んでいた、神様なんだって。私は遠目で見ただけだけど、たしかに目が離せない雰囲気があったわ」

「そういえば、多恵子と蛇喰はまだ会ったことがないのよね。いつも早朝に家を出るから」

「いいなあ、沙彩ちゃん。旦那様と出かけるの」

その言葉に、あたしは思わず声を荒らげた。

「だ、旦那じゃないわよ⁉」

多恵子は目を白黒させ、声を上げた。

「え⁉　だって、この村に住みはじめた時、夫婦だって……」

しまった。他の人間に事情を説明する時に面倒だからと、蛇喰がそういう設定にしたんだった。

「ふたりで暮らしているんでしょう？　お兄さん、というわけでもないんでしょう？」

「ええと……」

もう少しあたしと蛇喰の顔が似ていれば、兄妹だとか親戚だとか言い訳として使えただろうけれど、ちっとも似つかない。そもそもあいつは人間じゃないし。さすがに無理がある。

「その、旦那とか、恋人とかじゃないの。事情があって、利害の一致で一緒に生活しているだけよ。これからもずっと、あの男といるわけではないし」

そう、これからもずっとあいつと一緒にいるわけじゃない。

自分で言ったことなのに、なぜかチクリと胸が痛んだ。

「昔いた場所で、あたしはどうしてもしたいことがあって、その時にちょうど現れたのが蛇喰だったの。そのせいで、実家にも帰れなくなっちゃったんだけど」

「そうだったんだ……」

「でも村の人間に知られると面倒そうだから、これは他の人には言わないで」

多恵子はそれにしっかりと頷いた。

「もちろん、秘密にしておくね」

それから再び笑顔で言う。

「でも羨ましいのには変わりないわ。遠目でしか見ていないけど、物腰が穏やかそうな方だったもの。きっと優しいんでしょう？」

「ちっっっっともよ！　いつもチクチク嫌味ばかり言ってくるの！」

「ふふ、でも旦那様じゃなかったのは少し残念。沙彩ちゃんに、恋愛の話を聞かせてもらえると思ったのに」

「多恵子には、そういう人がいるの？」

多恵子は一瞬戸惑った顔をしたが、やがて穏やかな声で打ち明けた。

「私ね、婚約者がいるの」

そう言った多恵子の表情は、曇っていた。相手のことが好きなら、こんな顔にはならないだろう。

「婚約者？　どんな人なの？」

「……実はよく分かっていないの」

「分かってないって……」

「隣村にある、工場の跡取りでね」

彼女自身が望んだ婚約でないことは、明らかだった。

多恵子はあたしが着ている着物を見つめながら言った。

「実はその着物も、その人に初めて挨拶に行く時に、用意したものなの。ほら、あたし器量がよくないから、断られないように、せめて着る物くらいはきちんとしないとって。村の人たちはもっと大人しい柄がいいって言ったんだけど、あたしはもうこんなにいい着物は一生買えないだろうから。それならこの着物がいいって、わがままを言ったの。来月、十六歳の誕生日を迎えたら、その人のところへ嫁ぐのよ」

村人たちが生活が苦しいなかで金を出し合って多恵子の着物を購入したという話に、合点がいった。

それだけ聞けば美談に思えたが、婚約のことを知ると事情が変わってくる。隣村の工場がどんなものか知らないが、村の若い娘を嫁に出す代わりに、何らかの見返りがあるのだろう。

——要は身売りと同じではないか。

そう考えると、この着物の見え方も違ってくる。

「私が幼い頃に、村の人たちが取り決めたらしくて。色々助けてもらってるの。それにこの村の人たちは、その人にたくさん援助してもらってるの」

あたしは眉をひそめて問いかけた。

「それって、村のために好きでもない相手の妻になるということ？」

多恵子はそれを否定も肯定もしなかった。

ただ、曖昧に微笑むだけだ。

「そんなのやめて、逃げなさい！　怒りなさいよ！」

大正時代の結婚は、それが当たり前だったと聞く。

女は家と家が繋がるための道具で、自分の意志などなく、勝手に結婚相手が決められた。相手と初めて顔を合わせるのは、結婚後であることもざらだった。

嫁いだ後だって、扱いはよくない。

嫁は旦那の母親や姉にいびられ、下働きのように扱われても文句を言うことはできないし、離縁することも許されない。

だが、時代は移り変わろうとしている。

時代が天境になり、帝都には異国や天ツ国の価値観が浸透し、現在では自由恋愛が市民権を得つつある。

一昔前は、男女がふたりきりで出かけるなどもってのほか、公の場で手を繋いで歩くなど、不良のようだという考えだった。

でも今は外国の映画のように、逢い引きでは人前で手を繋ぎ、自分で選んだ相手と恋をして、結婚する。そんな恋愛が若者たちの憧れになり、広まっている。

だがこの村では、まだかび臭い古い考えが蔓延(はびこ)っているのだ。

多恵子は村のために、好きでもない人間の妻になる。

「沙彩ちゃん、誤解してるよ。私にはもったいないくらい、いい人なのよ」

「でもあんたが犠牲になる必要はないでしょう！」

「まだ弟も妹も小さいし、おばあちゃんもいるから。家族みんな、一緒に連れて行っていいって言ってくれたの。この婚約が断られたら、こんなにいい条件で結婚できることはもうないと思うわ」

「だけど……」

家族とか、条件とか。結婚って、そうやって決めるものじゃないでしょう。

いつものんびり笑っている多恵子の視線が鋭くなる。

多恵子は暗い瞳であたしを見つめて問う。

「それにもしひとりで逃げたとして、いったいどこに行けばいいの？」

「それは……っ」

あたしは言葉に詰まって俯く。

答えなど、見つかるはずがない。

「家族を捨てて逃げるなんて、私にはできそうにないわ。この村から出て、どこか遠くでひとりで生活するのも、想像がつかない」

多恵子の言うとおりだ。

お母様から離れて暮らすようになり、あたしは自分のことをすっかり自立した人間だと考えていた。

　けれど結局あたしは、衣食住のすべてを蛇喰に頼っている。その時点で恵まれているのだ。家族の生活を自分ひとりで支えている多恵子と比べると、背負っているものの重みが違いすぎる。

　多恵子は目を伏せて言った。

「私は臆病なの」

「……臆病じゃない。あんたのそれは、優しさでしょう」

　多恵子はいつものようにパッと明るい笑顔になる。

「私の話はいいの！　なんだか変な空気になっちゃったね。さあ、そろそろ行かないと。縁日始まっちゃうよ」

　そう言って、多恵子はあたしの背中を押した。

　多恵子の家を出る時、彼女は満足そうな笑みで言った。

「沙彩ちゃんの栗色の髪、本当にお姫様みたいね」

　その言葉に、ぼそりと呟く。

「……あたしはお姫様じゃない」

「え？」

多恵子には聞こえなかったのか、不思議そうに問いかえす。

「ううん、何でもない」

「私も沙彩ちゃんみたいに美人だったら、もっと自信を持って行動できるのかな。行ってらっしゃい。縁日、楽しんできてね。帰ってきたら、話を聞かせてね」

あたしは多恵子に手を振り、駅への道を歩き出した。


——あたしはお姫様じゃない。


もう一度小さく呟いた。

お姫様は、椿だった。

椿は運命の番に選ばれた。

それに、普通の人間にはない特別な異能もあった。

椿のことが憎くてたまらなかった理由が、ようやく分かった。いや、最初から分かっていたけれど、認めたくなかっただけかもしれない。

あたしはずっと、椿のようになりたかった。

◇◇◇

駅前で、蛇喰が立っているのが見えた。

蛇喰は詰め襟の黒衣を着ていた。首元から胸にかけて金色の縁取りがされていて、飾り釦（ボタン）がついている。腰の部分からは布に大きく切れ目が入り、長衣の下は細身の白いズボンだ。その服の上に、白い羽織を着ていた。

珍しい服装だが、蛇喰によく似合っている。

「あんた、顔とか隠さなくていいの？」

今日の蛇喰は、髪を布で覆っていない。

「ええ、今日は人も多いでしょうし、目立たないかと。今日くらいは、隠さなくていいでしょう」

それからあたしたちは電車に乗った。しばらくすると、浅草に到着する。

仲見世通りにずらりと店が並び、大勢の人が行きかっていて賑やかだ。並んだ赤い提灯（ちょうちん）が道を照らしている。

久しぶりの都会に、自然と足取りが弾む。

「さて、どこから回りましょうか」

「すごい人ね」

露店がずらりと並んでいて、目移りしてしまう。

「こんなにたくさん店があるのね」

あたしがきょろきょろと店を見ていると、店番をしていた青年に声をかけられた。

「お嬢さん、金魚すくいはいかが？」

大きな水槽の中に、金魚がすいすいと泳いでいる。赤や黒の金魚たちが泳いでいる姿は、涼しげで綺麗だ。

あたしが水槽の前でじっと金魚を眺めていると、蛇喰は不思議そうに言った。

「金魚すくい、したいんですか？」

「いいの？」

蛇喰が青年に金を払うと、針金に薄い紙を貼った道具を渡された。

「ポイだよ」

あたしはポイを素早く動かして金魚をすくおうとする。

一瞬、ポイが金魚をつかまえた。

だが、すぐに紙に穴が空いてしまった。

あたしはむっとしながらポイを睨みつけて文句を言う。

「全然すくえないわ！　一度水につけたら穴が空くようにできているんじゃないの」

「貸してください」

そう言って、蛇喰はあたしの持っていた破けたポイを手に取る。

「でもそれ、穴が空いてるわよ」

あたしが失敗したので、ポイの中心には大きな穴が空いていた。けれど蛇喰は穴の部分を器用に避けて、まだ紙が張っている端っこの部分でひょいひょいと簡単に金魚をすくう。

気がつくと、三匹の金魚が蛇喰が持った容器の中で泳いでいた。

「おお、お兄ちゃん上手だねえ！」

店番の青年が歓声をあげる。

「ちょっと待ってね、袋に入れるから」

あたしは小さな容器の中で泳ぐ金魚たちを、しばらく見つめていた。

「……ありがと。でもこの金魚、水槽に戻してもいい？」

そう問いかけると、蛇喰は不思議そうに目を瞬いた。

「私は構いませんが。戻してしまうんですか？」

「うん」

あたしは容器を傾け、金魚を水槽に戻す。

一度すくわれた金魚たちは、また水槽で緩やかに泳ぎだした。

「行きましょ」

あたしは別の露店の方へ歩いて行く。

何か言いたげな蛇喰を振り返って言った。

「金魚はかわいいけど、あたしはきっと面倒を見られないから。うちに来ても、どうせすぐに死んでしまうもの。それじゃかわいそうでしょ」

それを聞いた蛇喰は、ふっと微笑んだ。

「たしかに、あなたは生き物を育てるのには向いてなさそうですね」

そう言って、斜め向かいにある店を指差した。

「では、向こうの金魚にしましょうか」

「え？　だからあたしは、金魚はもういいって……」

蛇喰の指した先にあったのは、飴屋だった。

「飴細工！」

あたしは思わずその店に向かって駆け寄った。

木の板に、水飴で作られた動物が何本も刺さっている。

最初見た時は、硝子でできているのかと思った。それらが飴で作られているのが分かり、感心する。

「よく見るのは鳥だけど、鳥だけじゃなくて色んな飴があるのね。本当にすごいわ。どうしてこんなに上手に形を作れるのかしら」

どうやらこの店には、干支の動物の飴がすべて並んでいるようだ。

鼠、牛、虎、兎、竜……。

「ねえ、蛇の飴もあるわよ。あなたはこれにしたら？」

あたしが冗談半分で言うと、蛇喰は迷惑そうに顔をしかめる。

「いりませんよ、蛇は。いつでも本物を見られますから」

あたしはその言葉に声を立てて笑った。

飴職人らしき老人が、こちらに微笑んだ。

「お嬢さん、作るところ見ていくかい？　何の動物がいい？」

「金魚がいいわ。赤い金魚！」

「よし来た」

あたしが答えると、職人は新しく飴を作りはじめた。

透明な飴が固まっている容器を温めて、手鞠ほどの大きさの飴を取り出し、棒に挿す。

棒に挿した飴をしばらく熱すると、飴はぐにゃりと伸びるほどに柔らかくなる。

飴を引き伸ばして形を指先で整えながら、鋏で切れ目を入れる。飴を切って、伸ばして、また形を整えることを繰り返す。

そうしているうちに、透明な金魚ができあがった。

飴が固まった後は、筆をとって透き通った金魚に赤い色を付けていく。背びれや尾びれが赤く染まり、最後に黒い瞳を描く。

すると今にも泳ぎだしそうな、飴の赤い金魚ができあがった。

あたしは感動し、蛇喰に問いかけた。

「これ、買ってもいい？」

「ええ、そちらをいただけますか」

飴を受け取ったあたしは、飴屋にお礼を言って歩き出した。

あたしは嬉しくなって、歩きながら何度も何度も棒の部分をくるくると回し、金魚の飴を眺める。

「なんて綺麗なの。本当に生きているみたい。飴でできているとは思えないわね」

「たしかに。器用ですね」

「ほら、見て。ひれの部分のしわが細かいわ」

「この金魚、少し虚ろな目をしていますね」

「ちょっとやめてよ、そんなことを言うと、食べる時に目が合いそうで嫌だわ」

あたしはおかしくなって笑い、また金魚を眺めた。

「もったいなくて、すぐには食べられないわね。しばらく部屋に飾っておくわ」

蛇喰の方へ振り向いて話すと、通りすがる人にぶつかってしまった。

「ほら、飴ばかり見て足元を見ないと転びますよ」

そう言って、蛇喰はあたしの肩を抱き寄せる。

あたしは飴を巾着にしまい、赤くなっているのが見られないように顔をそらした。

蛇喰は平気でこういうことをするけれど、慣れているのだろうか。

しばらく歩くと、今度は人気役者の似顔絵が並んでいる店を見つけた。

あたしはそのうちの一枚を指して言った。

「へえ、そっくりね。見て、あの役者の絵なんて、まるで写真みたい」

「知りません。役者に興味がありませんから」

「ええ、あんなに有名なのに⁉」

その隣の露店では、縁日に来ている客の似顔絵描きをしていた。

「あら、似顔絵描きですって。描いてもらいましょうよ」

「私は遠慮します」

「あっそう。じゃああたしだけでいいわ！　描いてくれる？」

絵描きの男は気の抜けた返事をした。

「へえ」

あたしは露店の前に置いてある椅子に腰掛け、わくわくしながら完成を待つ。

絵描きはさらさらと筆を動かし、十分もしないうちに似顔絵を書き終えた。

あたしは期待に満ちた気持ちで、できあがった似顔絵を受け取った。

だが、完成した似顔絵は顔の形が不自然に長細く、目はぎょろりと飛び出すくらい大きくて、あたしとは似ても似つかない姿だった。というか、もはや人間なのかも怪しい。

絵描きを睨み、不満を述べる。

「これがあたし？」

「へえ。お気にめしませんか？」

「あんたの目は節穴⁉　本物の方がどう考えても美人でしょう！　描き直して！」

蛇喰は代金を払い、あたしの腕を引いて椅子から立ち上がらせ、絵描きに声をかけた。

「ああ、平気です。どうか気にせずに。彼女はいつもこんな調子なんです」

「ちょっと、どういう意味よ！」

まだ納得のいかないあたしを引きずり、蛇喰は露店から立ち去ろうとする。

「ほらほら、他の店に行きますよ」

「ちょっと待ってよ、まだ話は終わってないわ！」

蛇喰に腕を引かれて歩きだしたあたしは、もらった絵を見つめながらふくれ面をした。

「絶対に似てないと思うんだけど。まったく、あの絵描きは商売下手ね！　美人に描いておけばいいのに！」

「ほらほら、絵ばかり見ていると、また人にぶつかりますよ。せっかくの縁日なんだから、機嫌を直してください」

しばらくむっとしていたけれど、射的の店を見つけて蛇喰の腕を引っ張る。

「ねえ、射的があるわ。何か取って」

「どれが欲しいんですか？」

あたしは台に並んだ景品を見比べて言った。

「そうね、あの白いウサギのぬいぐるみがいいわ」

あたしが選んだのは、赤ん坊くらいの大きさのウサギだった。

「いいですけど、大きいから取れるか分かりませんよ」

蛇喰は金を払い、銃を受け取って狙いを定める。

蛇喰の放った弾が、ウサギの頭に命中した。

「当たったわ！」

ウサギのぬいぐるみはぐらりと揺れた。だが、台からは落ちなかった。

「どうして⁉　絶対当たったのに！」

蛇喰は落ち着いた様子で、また銃を撃つ。

弾がウサギの腹に命中し、小さく揺れるけれどぬいぐるみは落ちない。

射的屋の店主がにやにや笑っているのが腹立たしい。

結局銃に入っていた弾をすべて使い切ったけれど、ぬいぐるみは取れなかった。

「悔しいわね。取れないようにできているのかしら」

蛇喰は眉を寄せ、追加の料金を払いながら言った。

「取れないと思うと、腹が立ってきましたね」

もう一度狙いを定め、蛇喰は真剣な表情で銃を撃つ。

銃に入っている弾は全部で五発だ。やはり射的の弾はすべて当たったけれど、ウサギは落ちない。

蛇喰はさらに追加の料金を払おうとしている。

「ちょっと、もういいわよ」

「いえ、こうなったら取れるまでやります」

あたしはむきになる蛇喰の姿が珍しいと思いながら、隣で見守っていた。

いつの間にか、周囲にも観客が集まっていた。応援の声まで飛んでくる。周囲に注目されているのが、少し恥ずかしい。

「一発では落ちないということは、全弾素早く同じ場所に衝撃をあたえればいいということでしょうか」

蛇喰はぶつぶつ言いながら、真剣な表情で銃を構える。

そして銃を撃った直後に素早く充塡し、弾が当たったのと同じ個所に連続で当てた。

それまでどっしりと動かなかったウサギが、今までにないほど大きくぐらりと揺れた。

周囲の観客も盛り上がり、ざわざわする。

そして、ウサギが頭から床に落ちた。

「やったわ！」

あたしは景品のウサギを抱きかかえた。

観客たちが拍手したり歓声をあげているのに気づき、蛇喰はその時初めて観客に気づいたようだ。

「どうしてこんなに人が集まっているんですか？」

「さあ。あんたがあまりにも真剣だったから、面白かったんじゃない？」

あたしはぬいぐるみを抱えて歩きながら、思い出し笑いをした。

「まさかいい大人が、あんなにむきになるとは思わなかったわ」

そう告げると、蛇喰は照れたように言い返した。

「あなたが欲しいと言ったんでしょう。とれないとうるさいと思ったので」

蛇喰はあたしを見下ろして言った。

「それで、ぬいぐるみが手に入った感想はどうですか？」

あたしは満面の笑みで答える。

「すごく嬉しいわ！　ありがとう」

その後も、色々な店を回った。

縁日を回るうちに、気がつけばあっという間に夜が更け、空には月が浮かんでいた。

頬を撫でる夜風が冷たい。

大勢の人がいた縁日も、人がまばらになっていた。

「そろそろ帰らないといけませんね。電車がなくなってしまいますから」

「そう。もうおしまいなのね」

あたしは名残惜しく思いつつ、縁日を後にした。

駅に向かって川沿いの道を歩きながら、蛇喰は言った。

「今日は楽しめましたか？」

「ええ、もちろんよ。こんなに楽しかったのは久しぶりだわ！」

そう答えると、蛇喰は安心したように微笑む。

「それならよかった。あなたはいつも、高級な店に出かけていたでしょう。縁日では満足できないかと思っていました」

「たしかにお母様と帝都に来た時は、好きな洋服や宝石をいくらでも買ってもらえたわ。でも今日は、お母様と帝都に行った時と同じくらい……。ううん、その時よりずっと、今日の方が楽しかった」

そう答えてから、不思議に思う。

どうしてだろう。特別なことがなくても、蛇喰と一緒に過ごすだけで楽しかった。

あたしは橋の上から川を眺めながら、呟いた。

「まだ帰りたくないわ。だって帰ったら、今日が終わってしまうでしょう」

今日が終わったら、また日常に戻ってしまう。

明日になったらあたしはまた洗濯をして、畑仕事をして、食事を作って、繕いものをして、蛇喰の帰りを待つ。

同じことの繰り返しだ。

蛇喰は少し意外そうな顔をして、橋にもたれた。

「もう少しなら、ここで話せますけれど。あまり長居すると、野宿することになりますよ」

「それは嫌だわ」

あたしは蛇喰の隣で、ウサギのぬいぐるみを見ながら言った。

「ねえ、あんたのことを話してよ」

「何ですか、藪から棒に」

「だってあたし、考えてみればあんたのことを何も知らないわ。けっこう長い間、一緒にいるでしょう」

椿に復讐すると誓い、蛇喰の屋敷で何ヶ月か過ごした。

その計画が失敗した後はしばらく監獄にいたとはいえ、半年近くは蛇喰と一緒に暮らしていることになる。

「でもあんたの好物も、どこに出かけるのが好きかも、何が趣味かも知らない。それどころか、あたしあんたの下の名前も知らないわ」

蛇喰はいつものように、呆れた顔で誤魔化すかと思った。

「知りたいですか、そんなもの」

「ええ、知りたいわ」

蛇喰は難しい顔で答えていく。

「好物……？　食べられれば、何でもいいです」

「張り合いがない答えね」

「空腹が満たされればいいんですよ」

「そういうもの？」

「出かけるのは、騒がしいところはあまり好きではありません。自分の家が一番落ち着きます」

「古くてぼろぼろの家でも？」

そう問うと、小さく笑った。

「ええ、古くてぼろぼろの家でも。趣味は、薬草を集めることです」

「それは仕事でしょ」

「仕事ですが、楽しいと思ってやっているんですよ」

「そうなの。あんたいつも無表情でやってるから、何の感情もないんだと思っていたわ」

「それと、釣りも好きです」

「やってるの見たことないけど」

「ええ、今は道具がないので」

「へえ。あんたが欲しいと言えば、きっと村の誰かが譲ってくれるわよ」

「それはそれで気を使いますから」

そう答えてから、蛇喰はしばらく黙っていた。

「名前は、緑影(りょくえい)」

あたしは目を瞬き、その名前を繰り返した。

「緑影？　……珍しい名前」

名前を呼ぶと、蛇喰は懐かしそうに目を細めた。

「私の名前をつけたのは、異国で暮らしていた祖父なんです。こうやって誰かに名前を呼ばれるのは、ずいぶん久しぶりですね。ずっとこの名前を、人に教えていませんでしたから」

「子供の頃から、天ツ国にいたの？」

「いいえ。物心ついた時には、日本にいました。私は幼い頃、蛇喰家の屋敷で幽閉されていたんです」

「……幽閉？」

私はその言葉に眉をひそめた。

「蛇喰の家系は代々、薬師として天ツ国で暮らしていました。ですが私の両親は、異能を持っていない無能力だったんです」

「そんなことがあるの？　神様は、みんな異能を持って生まれてくるんでしょう？」

「ええ。非常に珍しいことです。だから両親は天ツ国では、ずいぶん居心地の悪い思いをしたらしく、しばらくすると地上に降り、この国で暮らすようになったらしいです。ですが無能力者の両親から生まれた私は、一族の中でも強い異能の持ち主でした。その強すぎる力を、自分で扱いきれなかった。私が七歳の時、力が暴走し、意図せずに目を見た人間を操る力を使ってしまい、私に操られた使用人が大怪我をする事故が起きました」

自ら望んでいないことで人を傷つけてしまったのだとすれば、彼自身も傷ついただろう。

「私は大変なことをしてしまったと思いました。自分の力が、怖くてたまらなかった。しかし、両親はそれを喜んでいました」

「喜ぶ……？」

「ええ。他人の命すら、思うがままに操る力があるのだと。両親は私利私欲のために、私に力を使わせるようになりました。命令に逆らい、私が逃げようとすると、両親は私を屋敷の地下にある牢屋に閉じ込めました。両親が私に会いに来る時は自ら目隠しをし、しかも自分の思いどおりにならない人間を私の異能で操りたい時だけしか会いに来ませんでした」

「……自分の子供を、牢屋に閉じ込めていたの？」

「そうです」

「それって、数日とか？」

「いえ、その事故が起きた時から十歳まで、三年ほどでしょうか。閉じ込められていました。といっても、食事はきちんと与えられましたし、欲しいと頼んだものはだいたい貰えました。外に出ることは、決して許されませんでしたが」

予想もしていなかった過去に、あたしは言葉を失った。

「ですから監獄での生活は、少し懐かしささえ感じましたよ」

だから蛇喰は監獄に入っていたことを、「慣れている」と言っていたのか。

幼い頃、よりによって両親からそんな仕打ちを受けていたから。

「子供への愛情を持たない両親には、失望していました。だがある時、両親がぱったりと私の元へ訪れなくなりました。どうやら、私に異能を使わせて好き勝手していたことが、天ツ国のものに知られたらしいです。両親は屋敷から逃げ出し、その後は捕まったのか死んだのか、行方知らずです。そして誰も来なくなった地下の牢屋に閉じ込められ、死にかけていた私を助けに来てくれたのが、祖父でした」

祖父に救いだされてから、蛇喰は祖父とともに天ツ国で暮らすようになったと言う。

蛇喰の力が暴走しないように、自分で扱えるようになるまでは、異能を封印されていたらしい。

そして祖父は、獣憑きを治療する薬を研究していた。

だが蛇喰の両親が子供に異能を使わせて人間を支配していたことが問題になり、蛇喰の祖父は研究した結果を広めようとしても、まともに取り合ってもらえなかった。

とくに天ツ国で力を持っている真神派の神々に敵対され、蛇喰の祖父と蛇喰は冷遇されていたという。

「その祖父も、私が十五の時に亡くなり、私は天涯孤独になりました」

「他の家族は、もういないの？」

「はい。その頃には異能を自分で制御できるようになっていたので、封印は解かれました。誤った使い方をしないよう、しばらく軍の人間に監視されていましたが。私は祖父の考えを引き継ぎ、獣憑きになった神々を治療するための方法を探していました。自分と祖父が冷遇されていた原因を知らなかった私は真神のせいだと考え、真神に復讐すること、そして獣憑きを治療する薬を見つけることに命を懸けていました。祖父の雪辱を果たせるのなら、どんなことをしてもいいと思っていました」

そこで言葉を切り、あたしのことを見た。

「たとえ、誰を利用しても、朔夜椿の命を奪ったとしても。だけど結局、真神への復讐も、薬を作ることも、どちらも中途半端に終わってしまった。監獄に入れられた後、使用人が祖父の日記を見つけました。そこに、天ツ国での冷遇は私の両親が原因であるということ、それに真神家そのものは関与しておらず、真神の取り巻きが行っていたのだと書かれていました。それに獣憑きを治す薬は、私の力では作ることができなかった。朔夜椿の力がなければ、あの薬は作れない。彼女以外には、誰も成し得なかった」

蛇喰は溜め息をついて呟いた。

「何も知らずにずっと獣憑きを治す方法を探していたんですから、滑稽ですね」

あたしはぎゅっと手を握りしめ、唸るように言った。

「別に、滑稽じゃないでしょう。あんたも、あんたのお祖父さんも、自分ができることをずっと探し続けていたんでしょう。意味はあったはずよ」

あたしは村での出来事を思い出しながら言った。

「それにあの松里って男が倒れた時、きちんと痛みを止める薬を処方したじゃない。あんた、人のことを助けたいんでしょ。たとえ正体がバレたとしても、目の前で苦しんでいる人を助けたいと思ったんでしょう。それは、立派だと思うわ」

蛇喰が驚いたように目を瞬いた。

「あたしにはそういう力も才能もなくて、ただ見ていることしかできないから。あたしも、何かできればいいのに」

「探せばいいじゃないですか。あなたには、いくらでも可能性がある。まだ若いですし未来もあるのだから、好きなことを探せばいいんですよ」

「年寄りみたいな言葉ね」

そう言うと、蛇喰は小さく笑った。

「そうですね。達観したといえば、聞こえはいいですが、どうでもよくなったのかもしれません。真神への復讐も、逆恨みのようなものでしたし。薬のことも、もう調べる必要はない。……目標がなくなった今、生きる意味を失った気分です」

そう言って、蛇喰は目を閉じた。

「生きる意味って……！」

あたしは思わず蛇喰に詰め寄った。

「あんた、まさか死ぬ気じゃないでしょうね」

その言葉を聞き、蛇喰を見る度にずっと感じていた苛立ちと不安の正体が分かった気がした。

蛇喰はつかみどころのない男だ。

話している言葉が本心なのか、冗談なのか分かりにくい。

隣にいても、感情を露わにすることもあまりない。常に一線引いていて、ガラスを一枚隔てた向こう側にいるみたいだ。

蛇喰が朝家を出る時、あたしはいつも不安になる。

この男は、もう二度とここに帰って来ないのではないかと。少し目を離すと、行方をくらまして、煙のように消えてしまいそうだ。

いつもどこか諦めているような、そんな風に見えていた理由がやっと分かった。

「……目的がなくなったからって、好きに生きたらいいじゃない。そもそも復讐が生きる理由なんて、つまらないでしょう」

椿への復讐に囚われ、蛇喰の手を取ったあたしがそう言っても、説得力はないだろうが。

けれど、椿への憎しみが薄らいだ今だからこそ、言えることがある。

「復讐しなくてよくなったのなら、自分のために生きなさいよ。楽しいことなんて、いくらでもあるでしょう」

そう告げると、蛇喰は不思議そうにこちらを見つめた。

「ありますか？」

「薬を作るのが趣味なんでしょ」

「はい。でも、祖父といた頃からずっとやっていたので、趣味というより習慣になっているだけかもしれません。今さら生きがいと言えるほどでは」

「……だったら、たとえば恋とか。家族がいないなら、これから作ればいいじゃない。あんたも恋をしたらいいのよ」

そう言うと、蛇喰はおかしそうにふっと笑った。

あたしは蛇喰を睨みながら言う。

「何を笑ってるのよ」

「いや、以前から、男性に向かってそうやって偉そうにあんたという女子は、なかなか珍しいなと思っていたんですよ。名前を教えたのに、変わらないんだなと思ったら少しおかしくて」

あたしは焦りながら言う。

「だって、あんた、じゃなくて……、名前を教わったからって、呼んでいいか分からないじゃない。そっちだって、あたしの名前を呼ばないし」

「呼んでいいですよ」

そう言って微笑まれると、妙に照れ臭い。

「……緑影？」

名を呼ぶと、彼はにこりと嬉しそうに目を細める。

「ええ。そう呼ばれた方がいいです」

「じゃああたしのことも、名前で呼びなさいよ」

すると緑影は笑って言った。

「沙彩。これでいいですか？」

名前を呼ばれ、心臓がどきりとはねた。

なぜだろう。ただ、名前を呼ばれただけなのに。

あたしはドキドキしながら、それを悟られないように顔をそらす。

「えっと……。何の話をしてたんだったかしら」

「恋愛の話ですね」

「ああ、そうよ。とにかく、自由恋愛が一般的になってきたんだから。あんた見た目はいいし、一見優しそうだから、騙される女もいるはずよ」

「ひどい言い草ですね」

そうすすめると、緑影は寂しげな表情で遠くを見つめた。

「でも私は一生、誰かを好きになることはないと思いますよ」

あたしには何の関係もないはずなのに、どうしてかその言葉が胸に深く刺さった。

「……どうして？」

「私は幸せな幼少期を送ったとは言い難いですから。自分の子供に同じ思いをさせたいとは思いません。蛇神の異能がまた引き継がれるなら、途絶えさせた方がいいと思っています。誰かに利用されるのも、誰かを陥れるのももううんざりですよ」

「……そんなの、どうにだってなるでしょう。その異能ごと全部、受け入れて愛してくれる人だって、現れるかもしれないじゃない」

「そうでしょうか。血を分けた子供であろうと、あれほどまでに冷酷になれる。そんな両親に育てられたから、失望しているのかもしれません。私も、自分の子供を愛せる自信がないので」

――そうか、緑影は誰のことも信じていないんだ。

そう考えると、無性に悔しくなった。

「そもそも、誰かを好きだという気持ちが分からないので。私はずっとひとりでいいです」

「だけど……！」

「そういうあなたはどうなんですか？」

「え？」

突然自分のことに話題を振られ、動揺する。

「本来女学校に通うような年頃の娘は、卒業までに結婚していることも多いでしょう」

「ええ、でも最近は職業婦人になる女性だって多いし。というか……」

あたしは持っていたぬいぐるみをぎゅっと強く握る。

「あたしも分からないわ。男性と話す機会はほとんどなかったし。だけどお母様は、女は結婚して愛された方が幸せになれると、いつも言っていたわ。だから見合いもすすめられたし、パーティーでも男性を紹介された」

あたしはお母様のことを思い出し、憂鬱な気持ちになる。

「でも、お母様は幸せだったのかしら。あたしには、そうは思えなかった」

——愛されて幸せそうに見えたのは、椿だ。

彼女は自分の命を懸けてまで、真神統真を守ろうとした。

それほど誰かのことを愛せたら、そして相手にも同じくらい思ってもらえたなら、どれだけ幸せなのだろう。

でも、そんな人間に本当に出会えるだろうか。

あたしは今までずっと、自分が一番大切だった。

だから分からない。

恋愛小説や恋愛映画には憧れるけれど、物語のヒロインたちはどういう時に人を好きだと思うのだろう。

格好いいから？　優しいから？　でも、見た目が格好よくて優しい人なら、たくさんいる。

恋に落ちてしまう男性と、それ以外の人の違いは何なのだろう。

あたしが椿みたいに、誰かの『運命の番』だったらこんな風に悩まなかったのだろうか。

いや、それはそれで困惑するのではないか。

自分が相手を思う気持ちが『番』だからなのか、あたし自身の気持ちなのか分からなくて不安になるのではないか。

椿は不安ではなかったのだろうか。

突然『運命』だという相手が現れて、結婚することになって。

そんな話をする機会も、全然なかった。

……もっと、椿と話せばよかった。椿と話したいことは、いくらでもあったのに。


「さて、そろそろ本当に電車がなくなる時間です。行きましょうか」

そう言って、緑影は駅の方へ歩き出した。

あたしはのろのろと歩き、彼の背中を見つめながら思う。

『私はずっとひとりでいいです』

緑影がそう言った時、こぼれそうになった言葉がある。


『あたしがずっと、側にいてあげる』


そう言おうとしたけれど、どうしても言えなかった。

恥ずかしいから?

いや、なんだか偉そうな言葉だし。別にそれを緑影が望んでいるわけでもないし。
だけど、ずっとひとりだと言った緑影は寂しそうに見えた。
あたしが隣にいれば、そんな顔をしないようになるんじゃないかと思った。
……あたしは怖いのかもしれない。
緑影は、誰のことも信用していない。
もし、拒絶されたら。
彼なら、「あなたなんていりません」と平気で答えるだろう。
別に、あたしと緑影は共犯者であって、それ以上でもそれ以下でもない。
けれど、あたしはこの男と一緒にいるのが嫌いじゃない。
これからも、緑影と一緒にいたいと思っている。
それは、彼と暮らすことに慣れてしまったからだろうか。
ただ都合がいいから？
分からないけれど、緑影に明確に拒絶されるのは嫌だった。
もしそうされたら、何かが変わってしまいそうで。
結局「側にいてあげる」という言葉を口にすることは、できなかった。

電車が村に到着する頃には、すっかり深夜になっていた。

あたしは緑影と家に向かって歩きながら、空に浮かんだ月を眺める。

道を歩いていると、虫の鳴き声がよく聞こえた。

「すっかり遅くなってしまいましたね」

「本当ね。でも、だいぶ夜は涼しくなって来たわね。ついこの間までは、蒸し暑くて眠れないことも多かったのに。今は寒いくらい」

「そうですね。もうすぐ秋でしょうか」

そんな話をしていると、あたしたちの家の近くに、人の姿があるのが見えた。

——こんな遅い時間に、誰だろう。

この村の住人は老人が多いから、みんな眠るのが早い。

あたしと緑影は足を止め、警戒してその人影が誰か、判別しようとする。

するとその人物が、こちらに駆けてきた。

「沙彩ちゃん！」

声を聞いて、すぐに分かった。

嬉しそうに走ってきたのは、多恵子だった。

「多恵子！　どうしたの、こんな夜中に」

そう問いかけると、多恵子は困ったように微笑んだ。

「さっきまで一番下の弟がぐずって、なかなか眠らなくて。外に出た方が気が紛れるかと思って、おんぶしてしばらく散歩していたの。歩いていたら弟は眠ったから、布団に降ろしたんだけど。なんだか私の目が冴えちゃったから、少し外で風に当たっていたの」

「あんたも大変ね、朝早いのに。でもこんな夜遅くに出歩くと、危ないわよ」

「うん、でもよかった。そのおかげで沙彩ちゃんに会えたもの。今帰って来たの？」

「ええ。やっぱり浅草まで電車でも、時間がかかるわね」

「どうだった、縁日は？　楽しかった？」

「ええ、楽しかったわ。そうだ、これお土産なんだけど……」

あたしは多恵子に渡そうと思って買ってあった人形焼きを差し出した。

「わあ、いいの？　貰っちゃって」

「着物のお礼よ」

「ありがとう！　弟たちも喜ぶわ」

「あたしこそ、着物を貸してもらえて助かったわ。洗って返すから」

「気にしないでいいよ。それに洗濯は私の方が上手だから、任せて」

多恵子の冗談を聞いて、あたしは小さく笑った。

後ろにいるはずの緑影が妙に静かだと思って、振り返る。

気を使って、少し離れていたようだ。

それにしても、緑影は何も喋らない。

あたしの後ろで佇んでいる。

「そうだ、こうやって顔を合わすのは初めてでしょう。一応紹介するわ」

あたしは緑影の手を引き、多恵子の方へ背を押した。

「これが、一緒に住んでいる……」

緑影が、息をのむのが分かった。

「――っ！」


多恵子と緑影の視線が合った瞬間。

ふたりの空気が凍り付いた。

ふたりとも目を見開いて、驚いた表情で黙り込む。

緑影は何も言わずに踵を返し、家の方へ歩いて行ってしまう。

「ちょっと、どうしたの⁉　何なのあいつ……」

明らかに様子がおかしい。

多恵子の方を振り返ると、多恵子も様子がおかしかった。

地面に膝を突き、苦しそうにしている。

「ちょっと、多恵子⁉　大丈夫⁉」

あたしは多恵子の身体を支え、抱き起こした。

「ごめんなさい、大丈夫。何かしら。急に、眩暈（めまい）が……」

あたしに身体を支えられながら立ち上がり、多恵子はぽつりと呟いた。

「……あの時の香りがしたの」

「え？」

「すごく、甘くて強い香り。最初に沙彩ちゃんの家に行った時とは比べものにならないくらいに、むせるような強い香りが」

その言葉に、胸がざわめく。

……嫌だ。

何、これは。

胸騒ぎがする。

すごく、嫌な予感がする。

あたしは多恵子を家まで送り届けると、急いで自分の家へ戻った。

緑影は部屋の灯りもつけず、居間に座り込んでいた。

あたしは緑影を見下ろして問いかける。

「さっきの多恵子と緑影の空気、何かおかしかった。……もしかして、知り合いだった？」

今まで天ツ国に住んでいた緑影と、こんな辺境の村に住む多恵子に共通点があるとは思えない。

あたしが訝(いぶか)しんでいると、緑影は顔を歪めて小さな声で呟いた。

「……です」

「え？」

「番です。彼女はどうやら、私の運命の番のようです」

暗闇の中で、緑影の金色の瞳だけが鈍く光って見えた。

六章

「運命の番って……真神統真と椿みたいな？　あんたの番が多恵子だって言うの⁉」

「そうです」

突然頭を殴られたように、目の前が真っ白になった。

「信じられない……。どうして……？　だって運命の番って、天ツ国の神と、異能を持った人間が結ばれるんじゃないの？　多恵子は異能を持ってないでしょう⁉」

「強い異能を持った人間が番になりやすいだけで、必ずしも異能を持つものが番になるとは限らない、ということでしょう」

「今まで番が誰なのか、まったく気づかなかったの？」

緑影は困惑した表情で頷いた。

「はい。今日偶然彼女と出会うまでは、分かりませんでした。相手がどこに住んでいるのか、そもそも番が存在するのか。ただ、この村に来た時から、胸がざわつくような気はしていましたが……。環境が変わったせいだと。まさか、番がいたからだったなんて、想像もしていませんでした」

「……信じられない。何かの間違いじゃないの？」

そう問いかける声が、震えそうになる。

間違いであってほしいと思っているのは、あたしだ。

しかし、緑影は首を横に振った。

「いいえ、一目見れば分かります。運命の番とは、そういうものですから」

たしかに多恵子は言っていた。

あたしがこの村に到着した日。挨拶に来た多恵子は、「甘い香りがする」と言ってあたしの元にたずねて来たのだ。

あれは運命の番に。

緑影に惹かれたからだったのか。

どうしようもない不安があたしを苛む。

今まで自分が立っていた世界が、すべて覆ってしまうような恐怖を感じる。

「とにかく、今日はもう遅いので。話は明日にしましょう」

眠ると言っても、眠れそうにない。

だが反論する気力もなかった。あたしはその言葉を受け入れ、風呂に入り、自分の部屋にこもった。

翌日の朝、緑影はいつもと同じように、朝早くに家を出て行った。

いつもは緑影が家を出る時に見送るけれど、今日は顔を合わせづらくて布団から出なかった。


ひとりになり、家の外に出る。

畑に水をやり、小さな葉を間引いていく。

多恵子に会いたくない。

なるべく早く家に戻ろうと思っていたが、そう考えた瞬間、多恵子が歩いている姿が見えた。

気まずいと思うけれど、この狭い村に住んでいる限り、ずっと顔を合わせないのは不可能だ。

多恵子はいつものように挨拶をする。

「おはよう、沙彩ちゃん」

「……おはよう」

多恵子は明るい表情で、昨日の出来事を話した。

「昨日はお土産ありがとう！　人形焼き、みんな喜んで、あっという間に食べちゃったの」

「そう。喜んでもらえてよかったわ」

あたしは力なく答える。

それから多恵子を見つめて問いかけた。

「……ねえ、昨日、緑影と会ったでしょう。どう思った？」

自分でもおかしな質問をしていると思う。

だけどどうせ、いつか聞かなければいけないことだ。

多恵子は少し驚いた顔をした。それから口を開く。

「暗いから、はっきりとは見えなかったけれど。でも、すごく綺麗な人だったわね。あんな人は、見たことがないわ。役者さんみたいって思った。素敵ね」

赤面しながらそう話す。

多恵子が緑影のことを話しているのを見ると、胸がチクチクと痛む。

「……別に、そこまで舞い上がるほどではないわよ。たしかにあいつ顔だけは悪くないけれど、性格は最悪よ」

いつものように笑い飛ばしてしまいたいのに、表情が引きつる。

「私ね、初めて蛇喰さんと目が合った時、彼の姿がパッと輝いて見えたの」

そう言ってから、多恵子は口元を押さえた。

「ごめんね、沙彩ちゃんの旦那様にこんなことを言うなんて失礼よね」

「だから、別に旦那じゃないって言ってるでしょう」

つい口調が強くなる。

やはり多恵子自身も分かったのだ。

緑影が『運命の番』だと。

そんな相手がいないあたしには、きっと一生その感覚は理解できないだろう。

多恵子はあたしを気づかうように言った。

「本当に気にしないでね。どうせ私は、来月には隣村に嫁ぐんだから」

その言葉を聞き、多恵子の置かれている状況を思い出して顔を歪める。

――そうだ、多恵子はもうすぐ隣村の工場の跡取りの元へ嫁ぐのだ。

そして、その状況に安堵してしまった自分に嫌悪感を抱く。

だが多恵子が結婚する相手は、別にその男でなくてもかまわないのだ。

緑影と多恵子が結ばれれば、彼女が望まない結婚をする必要もない。

村人たちも、どこの馬の骨とも分からない男ならともかく、天ツ国の神である緑影と多恵子が結婚するのなら、反対しないだろう。

それどころか、きっと村を挙げて祝いの宴でもやるかもしれない。

その後の会話は、何を話したのかよく覚えていない。

きっとあたしは、ひどい顔をしていただろう。

去り際、多恵子は空を見上げて呟いた。

「雲がずっと向こうまで暗い。もうすぐ大雨になりそうね」

あたしもその言葉につられて空を見た。たしかに真っ黒な雲が、空を覆いつくしていた。


その日の夜、あたしは居間で緑影の帰りを待ちながら、腹立たしい気持ちを募らせていた。

……ああ、忌々しい！

どうしてあたしがこんな気持ちにならなくてはいけないの。

あたしは部屋の隅で膝を抱え、考えこんでいた。

あたしはこれからもずっと、この生活が続くのだと思っていた。

毎日同じことの繰り返しで退屈だけど、それでもいいような気がしていた。

緑影を送り出し、料理を作り、洗濯をして、掃除をして、畑の野菜を育て、たまにふたりで買い物に行く――。

「馬鹿みたい」

永遠に続くものなんて、何もないのに。

知らなかった頃には、もう戻れない。

表で扉を叩く音が聞こえ、あたしははっとして立ち上がった。

食事をしながら、緑影は当たり障りのない会話をしている。

だがあたしは答える気にならず、黙っていた。

あたしが話そうとしないのを察したのか、やがて緑影も何も話さなくなった。

食事が終わってから緑影は、いつものように畳の上に敷いた紙に、薬草を並べた。

使える薬草を手に取って、潰したり調合したりする。

あたしは近くに座ってそれを眺めながら、ぽつりと呟いた。

「多恵子と結婚するの？」

そう問うと、緑影はこちらを見ずに、薬草を見ながら言葉を返す。

「さあ、どうでしょう。それもいいかもしれませんね」

のらりくらりとかわす本心が見えない言葉に、緑影をひっぱたいてやりたくなった。

この男の、こういう話し方が嫌い。

本心なのか、冗談なのか分からない。

自分の心は隠すくせに、こちらを見透かしたような瞳であたしを見るのも嫌。

腹が立ったあたしはその場に立ち上がり、声を荒らげた。

「誤魔化さないで、きちんと答えなさいよ！」

緑影は少しだけ目を細め、あたしを見上げた。

「むしろ、結婚しないって選択肢があるの？　運命の番は絶対なんでしょう？」

あたしは『運命の番』のことを知っている。

椿が真神の運命の番に選ばれた時に、血眼になって様々な本を読んだから。どうにかして、椿をあの男から引き離せないかと、調べたのだ。

あたしは本の文章を思い出して言った。

もうずいぶん前に読んだのに、今でもすらすらと言える。覚えこんでしまうくらい、何度も何度も読んだから。

「運命の番は生まれ落ちた時に決定し、互いに惹かれ合う。それを覆すことは、絶対にできない。そうやって本に書いていたわ」

「……そうかもしれませんね」

緑影の曖昧な態度に、苛立ちが募っていく。

「あんたって、本当にいい加減！　いつもあたしの質問を適当にはぐらかすんだから！」

「運命の番については、まだ分かっていないことも多いんですよ。私も真神統真と朔夜椿以外で、運命の番と結ばれたものを実際に見たことがありません。それに……」

緑影は金色の瞳であたしを射抜く。

「言っていましたよね、恋をしてみたらどうかと。いい機会かもしれませんよ？」

握った拳が怒りで震える。

「この間は、一生誰も好きにならないって言ってたじゃない！　それに、そんなの恋じゃないわ！」

緑影はあたしの目の前に立ち、じっとこちらを見下ろす。

いつの間にか壁際に追いつめられていて、逃げることができない。

「もしそうしたら。彼女と結婚したら、あなたはどうするんですか？」

「……別に、どうもしないわよ。だって、あたしには何の関係もない」

あたしは顔をそらし、声が震えないように虚勢を張る。

「ただ互いを利用していただけでしょ」

「……そうですか」

「他に、何があるって言うのよ」

「いえ。すごく怒っているようなので。どうしてそんなに怒っているのかと思って」

あたしはギロリと緑影を睨みつけて叫んだ。

「あんたが自分のことを何も話さないからでしょ！　いらいらするのよ！」

あたしはそれ以上緑影の顔を見たくなくて、彼に背を向けた。

「もう寝るわ！」

そう言って、自分の部屋に入り、乱暴に戸を閉ざした。

頭から布団を被るが、身体の中を台風のような怒りが渦巻くのが消えなかった。

何が恋をするのにいい機会よ！　どうして結婚するなんて言うの。誰も好きにならないと言っていたのに。

どうして不安になるようなことを言うの。

多恵子に惹かれているから？

考えても考えても怒りは収まらず、その日の夜は眠ろうとしてもちっとも眠れなかった。

翌日目を覚ますと、朝からひどい雨だった。

窓から外の景色を見る。空には真っ黒な雲がかかり、土砂降りの雨が古い家を容赦なく打ち付けていた。天井からぽたぽたと雨漏れが垂れてきて、あたしは仕方なくそこに皿やたらいを置いて畳が濡れるのを防いだ。

「あちこちから雨漏りしてるわ……。まったく、これだから古い家は」

強い風が吹く度に家はガタガタと震え、そのうちこの家ごと飛ばされてしまうのではないかと思う。

「あんたは今日は出かけないの？」

いつもならもう家を出ている時間なのに、居間で座っている緑影に問いかける。

「ええ、さすがにこの雨では。客もつかまらないでしょうし」

あたしはハッとして外を覗く。

「そうだ、畑の野菜！」

この凄まじい風では、全部飛ばされてしまう。

「この雨の中、外に出るつもりですか？」

「仕方ないじゃない。せっかく育ってきたのに！　どうにかして守らないと」

予想どおり、畑の野菜は強風に飛ばされてぼろぼろになる寸前だった。

あたしがどうしようか迷っていると、同じく畑の様子を見に来たらしい多恵子が叫んだ。

「沙彩ちゃーん！」

風が吹きすさんでいるから、近くにいてもなかなか声が聞こえない。

「すごい雨ね」

「本当よ。一瞬で水浸しになっちゃったわ」

「これ、村の人からもらったから。沙彩ちゃんも使って！」

そう言って多恵子が渡してくれたのは、網だった。所々穴が空いているが、これでもないよりはましだろう。

「ありがとう、使わせてもらうわ」

そう言って、すぐにその網を畑に被せ、石を置いて重しをつけた。

多恵子はあたしと緑影に頭を下げ、家に帰って行った。

「ひどい雨だったわね……」

家の中に戻ったあたしは、玄関に立ちすくんで溜め息をついた。たった数分外に出ただけなのに、全身ずぶ濡れになってしまった。

「風呂に入った方がいいかもしれないわね。風邪を引きそう」

後ろにいる緑影が何も返事をしないので、不審に思って振り返る。

「緑影？」

緑影は口元に手を当て、荒い息をはいている。

「ちょっと、どうしたの？　具合が悪いの？」

緑影は、掠れた声で言った。

「……番に出会うと、いわゆる発情のような現象が起こることがあるらしいんです」

「発情って……」

言葉の意味を理解して、顔が熱くなる。

どうしていいのか分からず、緑影の顔を覗き込む。

「とにかく、玄関じゃどうしようもないでしょ。一度部屋に戻って……」

そう言って彼の身体を支えようとした瞬間、床に押し倒された。

「なっ……」

緑影の瞳が、獣のように金色に光る。

彼がまともな精神状態でないことは、一目で分かった。番に出会うと、こんな風になってしまうのだろうか。

腕を床に押さえつけられ、彼から逃れようとするけれど身動きが取れない。

「ま、待って……！」

緑影の指が、あたしの太ももをなぞった。

「……っ！」

緑影の唇が首筋に触れる。ぞわりと甘い痺れのような感覚が全身に広がった。緑影は、あたしの着物を引き下ろそうとした。

「緑影……」

あたしは緑影の瞳を見つめる。

だが、彼は目の前にいるのに、あたしを見ていなかった。

熱に浮かされたような表情は、まるで別のことを考えているようだった。

その瞬間、燃え上がるような怒りを覚える。

この男は、あたしのことなど見ていない。

だとしたら、誰のことを考えている？

多恵子の代用品として、あたしを抱こうとしているの？

――許さない。絶対に許さない、そんなことは。

あたしは緑影の腹を、全力で蹴り飛ばした。

「ぐっ……」

その衝撃で、正気を取り戻したようだ。虚ろだった瞳に光が戻る。

緑影は床に手をついて苦しげに咳き込み、怨めしそうな瞳でこちらを睨みつける。

「馬じゃないんですから」

「馬鹿にするんじゃないわよっ！」

あたしは立ち上がり、大声で叫んだ。

「運命の番でも何でも、勝手にすればいいじゃない！　ただし、あたしを巻き込むのはやめて！　今度同じようなことをしてみなさい！　その時は、あんたの首を掻ききってやるから！」

そう言った直後に、瞳から大粒の涙があふれた。

緑影は驚いたように目を見開く。

泣いているのを見られたくなくて、乱暴に腕でそれを拭う。

「あんたなんか大嫌いよっ！」
そう叫び、あたしは家の外へと飛び出した。

家を出て、数秒で後悔した。
相変わらず外は豪雨と強風が吹きすさび、今すぐにでも家に帰りたくなった。
だが、緑影の元には戻りたくない。
「どうしよう……」
考えていると、あたしの名を呼ぶ声が聞こえた。
振り返ると、緑影が追いかけて来るのが見えた。
あたしは意地になって、がむしゃらに走った。
目的地などない。
ただ、あの家にはもう戻りたくなかった。

嫌いだ。
あんな男は大嫌い！
緑影は誰のことも信じていない。

なのにときどき、すごくさみしそうな目をするから。
だからあたしは側にいたくなる。
でもあの男は、そんなことをしてもきっと喜ばない。
強い風が吹き荒れるように、負の感情が次々に身体の中に湧きあがり、渦巻く。
椿を奪った真神も嫌い！
あたしのことを捨てたお母様も嫌い！
多恵子も嫌い！　人の好さそうなふりをして、親切にして、緑影を奪おうとするから。
運命の番って何よ！　全員嫌い！

あたしは走り疲れて、とぼとぼと歩きながら思う。

――だけど、こんな自分が一番嫌い。

分かってる。あたしは何の権利もないのに、思いどおりにならないから泣き叫んで文句を言っている。
こんなの、自分のおもちゃがとられそうでわがままを言う子供のようだ。

後ろを振り返ると、まだ遠くに緑影の姿が見えていらいらする。

あたしのことなんてどうでもいいんだから、放っておけばいいのに。

とにかく緑影から遠ざかろうと、林に繋がっている橋を渡ろうとした。

橋の中程まで来た時だった。

強い風で足元がぐらりと揺れ、立っていた場所の板が抜けた。

「えっ⁉」

橋から落ちそうになり、必死に手すりの部分の縄をつかむ。だが、縄は嫌な音を立てて千切れて行く。

「嘘っ……！」

あたしはその時、多恵子の言っていた言葉を思い出して青ざめた。

そうだ、たしかこの橋、老朽化してるから渡るなって。以前の台風の時から、縄が千切れかけてるって……。

思い出したのと同時に、あたしが握っていた部分の縄がぶちりと切れた。

「きゃあああっ！」

あたしは橋のすぐ下にあった川に転落した。

「助けて……！」

この雨で川の流れは速く、いつもより水嵩が増していた。

まともに泳いだことがないあたしは、どうすればいいのか分からない。

水を飲み、溺れ、すぐに呼吸ができなくなる。

「誰か……助けて……っ！」

必死にそう口にするけれど、誰も助けになんて来ない。緑影だって、来るわけがない。

このまま死ぬの？

そう考えて意識を手放しそうになった時、目の前に小さな丸太が浮いているのを見つけた。

腕くらいの大きさしかないが、こんなものでもないよりはいい。

咄嗟に流れていた丸太につかまり、なんとか少し身体を浮かすことができた。


「……死ぬかと思った」

あたしは命からがら川岸に這い上がり、その場に倒れ込む。

飲んでいた水を吐き出し、ぜいぜいと息をついた。

改めて目の前に流れている川を見る。よく助かったなと思う。

濡れた着物が全身に張り付いて気持ち悪い。

おまけに橋から落下したから、地上が遠い。

千切れた吊り橋を睨みつけ、悪態をついた。

「本当に最低」

手を地面について、立ち上がろうとした。

「とにかく、上まで戻らないと。川岸の道を歩いていれば、そのうち上に繋がる道があるわよね」

立ち上がろうとした瞬間、足に激痛が走り、その場に座り込んだ。

「痛っ……！」

どうやら橋から落ちた時、足を捻(ひね)ったらしい。

少し触れると、ずきずきと痛む。

「もう、何なのよ今日は！」

弱り目に祟り目だ。この足では、ひとりで道を登れそうにない。

家に戻るには、かなり長い道のりを歩かなくてはいけない。ずっとここにいるわけにもいかないが、どうするべきか。

激しく打ち付ける雨に、全身がガタガタ震えてきた。

さっきまで命が助かったことで精一杯で意識していなかったけれど、寒い。

「とりあえず、雨をしのげる場所を見つけなきゃ」

このまま濡れたままでいたら、肺炎になりそう。


痛む足を引きずって、川岸を進む。川沿いには、壁のように切り立った岸壁があった。足を怪我していなくても、登るのは無理そうだ。

ゴツゴツした岩の陰に、小さく岩がくぼんだ場所を見つけた。人が数人だけ入れるような、洞穴になっている。

雨はまだ止まない。

「しばらくは、ここで雨宿りするしかないわね」

あたしは洞穴の中に入り、腰を下ろした。

「寒い……」

雨に打たれなくなったので少しだけましだが、着物も髪も濡れているのは変わらない。

「せめて、火を起こせたらいいんだけど」

あたしは自分の身体を抱きしめ、ガタガタと震えることしかできない。

季節が冬でなくてよかった。冬だったら、川に落ちた時点で凍え死んでいたかもしれない。

腫れた足を見つめ、溜め息をつく。

目を閉じると、びゅうびゅうと風が荒れくるう音が聞こえた。

それから、どのくらい時間が経ったのだろう。あたしが岩にもたれ、少し眠気を感じていた時だった。

「生きていますか？」

そんな声が聞こえ、パッと顔を上げる。

想像どおり、洞穴の入り口に緑影が立っていた。

緑影の顔を見て、少しだけほっとしてしまった。そんな自分が憎い。

「……何しに来たのよ」

あたしは強く緑影を睨みつけた。

緑影はうんざりした顔をする。

「ずいぶんな言い草ですね。せっかく助けに来てあげたのに」

「今さら遅いのよ。役立たず！」

「私だって、必死にあなたを捜したんですよ。吊り橋が切れてましたが、もしかしてあの高さから落ちたんですか？　相変わらずしぶといですね」

緑影は長い髪から垂れる水気を絞りながら言った。

「ここからだと、けっこう大回りしないといけませんね」

あたしが動こうとしないのを見て、彼は不審な顔をした。

「……足を怪我したんですか？」

あたしは足に触れようとする緑影の手を、強く振り払った。

「触らないでっ！」

あたしは緑影を睨みつけて叫んだ。

「あたしに触れたら舌を噛み切って死ぬし、あんたの舌も噛み切って殺してやる！」

彼の顔を見ていると、じわりと涙があふれて来た。

「嫌い、嫌い、嫌いっ！　どうしてあんなことをして、普通に話しかけてくるのよ！」

緑影は申し訳なさそうに目を伏せる。

「……さっきのことは、弁解のしようもないです。身体が乗っ取られたようになって、言うことを聞きませんでした」

あたしは緑影の顔を見ないように、地面を睨んだ。

「怖かったでしょう。不快な思いをさせてすみません。もう二度と、あんなことはしませんから」

その言葉に、また目が熱くなり、涙があふれそうになる。

――やっぱりこの男はあたしの気持ちなんて、全然分かってない。

「あんたなんて嫌い、どっか行って」

「そうは言っても、ずっとここにいるわけにはいかないでしょう。とにかく家に帰りましょう」

そう言って緑影があたしの手をつかもうとするので、あたしは腕を振り回して抵抗した。

「いや！　いやっ！　嫌い、どこか行ってよ！」

「……分かりました。そんなに言うなら、私はひとりで帰りますよ」

緑影はうんざりしたように言って、踵を返す。

それから洞穴を出て、歩いて行ってしまった。

「……っ！」

緑影が去ったのを見て、あたしは呆然とした。

嘘でしょ？　この状況で、本当に怪我人を置いて行く人間がいる？　しかもか弱い女の子を？

腹が立つやら悔しいやらで、涙が瞳からぽたぽたとこぼれた。

あの男は冷徹で最低だ。心がない。

あたしが素直になれないせいで、怒らせてしまうんだって分かってる。

いつも試すようなことを言ってしまう。

だって仕方ない。そうやってしか、相手の気持ちを確かめる方法を知らない。

どうして何も分かってくれないの。

さっきだって、あたしのことを思って触れてくれるなら、嫌じゃなかったのに。

涙があふれるのを止められないまま、ようやくあたしは自分の気持ちに気づいた。


――どうしてあたしは、あんな男が好きなんだろう。

「……行かないで」

消え入りそうな声でそう呟く。

すると、岩の陰から緑影が顔を覗かせた。

「まだいたの」

涙交じりの声で言うと、緑影は心底呆れたような顔をする。

「ほら、帰りますよ」

そう言ってこちらに歩いてきて手を伸ばすけれど、やっぱりあたしはその手を取れない。

「……面倒くさい女だと思ってるでしょ」

「ええ、本当に」

あたしは俯いて、じっと足元を見ていた。

「ほら、寒いでしょう」

あたしが震えているのに気づき、緑影は自分の着ていた羽織を脱いで被せてくれた。

「着てください」

あたしは座り込んだまま、その羽織をぎゅっと抱きしめた。

煙管の香りがする。緑影の香りだ。

……素直になれば、何か変わるだろうか。

「まだ寒いわ」

「私の身ぐるみを剥ぐ気ですか？」

あたしは両手を伸ばす。

「もっと近くに来て」

緑影が不思議そうに、こちらに歩み寄る。

「……抱きしめて」

きっと今あたしの顔は、耳まで真っ赤に染まっているだろう。

緑影は何も言わずに膝をつき、あたしのことを抱きしめてくれた。

あたしは恐る恐る彼の背中に腕を回す。

鼓動の音と体温が伝わってきて、心地良い。

「あなたは子供だから、まだ分からないかもしれませんが」

顔のすぐ近くで、緑影の声が聞こえる。

「こんな風に、無防備に好きでもない男に近づかない方がいいですよ」

その言葉に、小さく笑って答える。

「馬鹿じゃないの。あたしだって、それくらい分かってるわ」

こんなのもう、好きだと言っているようなものだ。

緑影はどんな顔をしているだろう。

近くにいすぎて、表情が見えない。

むしろ、その方がいいかもしれない。

目を合わせると、そらしてしまう。

からかわれると、意地を張ってしまう。

手を伸ばされると、それを振り払ってしまう。

いっそ反応なんか気にしないで、言いたいことを言った方がいい。

感情が勝手にあふれ出るように、涙も止まらなくなる。自分でも、なぜ泣いているのか分からない。


「……運命なんてはねのけて、あたしのそばにいて」


あたしは泣きじゃくりながら、やっとそう言えた。

昔から、一度欲しいと思ったものはどうしても手に入れないと気がすまない。

青い洋服を着たフランス人形。流行しているワンピース。椿の持っていた髪飾り。

――あたしは、どうしてもこの男が欲しい。

「緑影はきっと、あたしのことなんて嫌いだろうけど」

その証拠に、何も答えてくれない。

不安になって表情をうかがうと、彼は困ったように微笑んだ。

「嫌いじゃないですよ。嫌いだったら、もっと早くに見捨てて、とっくに置いて来ています。わがままで気が強くて不器用で。しっかりしていそうなふりをしているけれど、何もできなくて。いつも意地を張って、ひとりで立とうとしている。あなたを見ていると、飽きませんから」

……なんだか誤魔化された気がする。

あたしがよほど不満な表情だったのか、緑影はおかしそうに笑った。

「ほら、立ってください」

そう言って、手を引かれる。

立ち上がった瞬間、唇が触れそうになった。

心臓がまたどくりと鳴る。

誰かの代わりじゃなくて。

あたしだけを、見てくれるのなら――。


あたしはぎゅっと目を閉じた。

……だけど、しばらく待っても、口づけられることはなかった。

落胆しながら目蓋を開くと、緑影はあたしの頭をぽんぽんと撫でる。

「ほら、そろそろ帰りましょう。本当に風邪を引きますよ。早く着替えた方がいい」

そう言って、背中を向けてあたしを背負った。


緑影はあたしを背負ったまま洞穴を出て、歩きはじめる。

さっきまで激しく降っていた雨は、ずいぶん小雨になっていた。

あたしのことを背負って山道を登っていく緑影が心配になり、問いかけた。

「ねえ、重くない？」

「重いですよ。足の骨が砕けそうです」

「最低！」

緑影は楽し気に笑って答える。

「嘘ですよ。普段背負っている行李と変わりません。あなたを背負って家に帰るくらい、わけないです」

行李と変わらないのはさすがに嘘だろうけど、たしかに緑影は見た目は細いのに、本当に平気そうだ。

最後まであたしを背負ったまま、数十分歩いて村の周囲をぐるりと回り、無事に諸悪の根源である、吊り橋が落ちたところまで戻って来た。

橋の周囲に、村人が何人も集まっているのが見えた。ざっと数えて、二十人近くはいるのではないか。

あたしたちの姿を発見し、ひとりの男が叫んだ。

「おおい、いたぞ！　蛇喰様がいた！」

「おお、おお、無事だったか」

その集団の中にいたらしい多恵子が、叫んだ。

「沙彩ちゃん！」

多恵子はひどく心配そうな表情で、息を切らしてこちらに駆けて来る。

あたしは緑影が番の作用で我を失ったことを思い出し、顔をしかめた。

またあんな風にならないといいけれど……。

とはいえ、多恵子に非はない。彼女はあたしのことを純粋に心配してくれているのだろう。

「ねえ、降ろして」

緑影の着物を引く。

「いいですけど、足は平気ですか？」

「ええ、ここから家までの距離なら、さすがに歩けるわ」

あたしと緑影が並んで多恵子を待つと、彼女は目の前までやって来た。

「あの、橋が……！　吊り橋が、落ちていたでしょう？　だから、誰か怪我をしたんじゃないかって心配で、村のみんなで近くを捜していたの」

多恵子の後ろから、他の村人もぞろぞろとこちらに集まってくる。

「そうじゃ、そうじゃ」

「全身ずぶ濡れじゃな」

あたしは彼らに向かって答えた。

「ええ、あたしは川に落ちたの」

その言葉に、村人たちはざわめき立つ。

「あの高さから落ちたのか⁉」

「よく無事だったなあ」

「さすが、悪運が強い」

そう言って村人たちはケラケラと笑う。

なんだか腹の立つ反応ね……。もし落ちたのが緑影だったら、もっと真剣に心配するくせに。

緑影が黙り込んでいるのが不安になり、あたしは後ろを振り返る。

彼の瞳が、金色に鋭く光った。

そして緑影の背中を突き破るように、五匹の白い大蛇が現れた。

「なっ……！　獣憑き⁉」

あの時と、まったく同じだ。椿をさらった時、屋敷で緑影が獣憑きに自らを乗っ取られ、あたしたちを襲ったのと同じ。

神能樹を飲んで、収まったと思ったのにどうして突然？　やはり運命の番が側にいるからだろうか。

考えても分からない。

あたしは動揺して呆然としていたが、村人たちは、突然人を飲み込むほどの大蛇が現れたことに恐れ、悲鳴をあげて逃げ出した。

……まあ、普通そうなるわよね。
緑影の背後にいる蛇は首を伸ばして赤い口を開き、人間たちに噛みつこうとする。
村人たちが逃げ惑うのを見て、あたしは逆に冷静になってきた。
あたしは緑影の様子をうかがう。
彼の顔は蒼白になり、瞳は虚ろだ。どうやら意識がはっきりしていないようだ。
やはり獣憑きになると、意識を乗っ取られるのだろう。
声をかけようとした瞬間、大蛇はあたしの側にいた多恵子に噛みつこうとした。
多恵子は蛇の攻撃を避けた衝撃で、その場に倒れる。
「多恵子！　逃げて！」
大蛇と同化した緑影を見て、多恵子は悲鳴をあげた。
「いやあああっ！」
恐怖で足に力が入らないのか、その場から動けないようだ。
顔を引きつらせ、涙をこぼしながら叫ぶ。
「お願い、殺さないで！　近寄らないで、化け物！」
あたしは多恵子の前に立ち、彼女を庇（かば）った。
大蛇が赤い口を開き、こちらへ突撃してくる。なんとか避けたけれど、牙があたしの腕を掠め、少し血が流れた。

その時、緑影の瞳に一瞬光が戻った気がした。

多恵子が青ざめた表情で叫ぶ。

「沙彩ちゃん！　怪我したの⁉」

あたしは彼女の腕を強く引き、無理矢理立ち上がらせた。その弾みで、多恵子が動けるようになる。

「あたしのことはいいから、行きなさい！」

多恵子はほんの一瞬だけ戸惑った様子だったが、すぐに逃げて行った。

その場に村人が誰もいなくなってしまってから、あたしは緑影を見下ろした。

獲物を逃がしたのに腹を立てているのか、五匹の大蛇はすべて鎌首を持たげ、こちらを睨んでいる。

けれどあたしは、どうしてか恐怖を感じなかった。

さっき多恵子を庇って怪我をした時、緑影は意識を取り戻したように見えた。

あたしはうなだれている緑影に向かい、高らかに笑った。

「残念だったわね。あんたの運命、逃げていくわよ！」

あたしはしばらくの間、緑影の金色の瞳を見ていた。

それから両手で彼の顔をすくいあげる。

真正面からじっと瞳を見て、訴えた。

「緑影。あたしよ。……分かる？」

緑影はその言葉に、瞬きをした。

そして消えそうな声で呟く。

「さあ……や……」

「そう」

「薬を……」

そうだ、あたしが薬を預かっていたんだった。

首に下げていた鎖を引いて、そこに繋がっている瓶の蓋を開く。川に落ちた時、割れなくてよかった。

「ほら、口を開けなさい」

あたしは緑影の口に、瓶の中身を飲ませた。

すると数秒で、背後の蛇がジタバタとのたうち回った。巨大な蛇が身体を地面にぶつけた衝撃で、地響きが鳴る。

だが神能樹の力なのか、蛇たちは草が枯れるように水分を失ってカラカラに乾き、やがて消えてしまった。

緑影は今までどおりの人の姿に戻る。

あたしは安堵の息をついた。

……よかった。まさかまた獣憑きが出るとは思わなかった。

それに同じ薬を使ったとしても、今度も助かる保証はなかった。

あたしはまだ眠っている緑影の頭を膝に乗せ、頭を撫でる。細く長い髪の毛がさらさらと流れるのを見つめる。

あたしは目蓋を閉じ、緑影の屋敷で彼が獣憑きになったことを思い出していた。

椿はあの時、「どんな姿であっても統真様を愛している」と、そう言っていた。

たとえ真神統真が化け物に変わっても、愛し続けると。

「……あたしには絶対に理解できないと思ってたけれど、少しだけ分かったわ」

さっきあたしは、もしこのまま緑影が元に戻らずに自我を失って、あたしの命を奪ったとしても、それでいいと思えた。

緑影が一生恋愛をする気がないと言っていたことを思い出す。

たしかにこれからも獣憑きに突然変わってしまうのだとしたら、相手を探すのは困難だろう。

だがあたしは、そんなことどうだっていい。

化け物であろうと、他に運命の相手がいようと。

――この男は、あたしのものだ。

眠る緑影を見下ろしながら、あたしは彼が目覚めるのを静かに待っていた。

「村を出て行きましょうか」

獣憑きが収まり、家に帰って来るなり、緑影はそう打ち明けた。

以前から薄々、そうしようと考えていたのだろうとは思う。

獣憑きになって暴れた以上、ここに留まっているのも難しい。

あの騒動の後、村人たちがまた農具でも持って襲いに来るのではと身構えたけれど、拍子抜けするほど誰もここに来ようとはしなかった。

まああれだけ大きな蛇を討伐するのでは、さすがに普通の人間じゃ相手にならない。

あたしは畳の上で膝を抱えて言った。帰って来た後風呂に入って別の着物に着替えたので、さっぱりしている。ずっと雨に打たれ続けていたから、寒くてたまらなかったのだ。

「忘れかけていたけど、あたしたち罪人なのよね。噂が広まれば、どっちみちここにはいられないわよね」

緑影は眉を寄せて呟いた。

「それはおそらく、大丈夫だと思うのですが」

「どうして？」

「凍結されていた財産が、ある程度戻ってきたんですよ」

緑影は机に頬杖をついて不本意そうに呟く。

「こう考えるのは癪ですが、やはり真神の温情ですかねぇ」

もしかしたら、真神にはあたしたちの動きはとっくに伝わっていたのかもしれない。見逃してくれたとでも言うのだろうか。

今となっては確かめる手段もないが、罰するつもりがないのならどちらでも構わない。

とにかく、自由に使える資産が戻ったのはいいことだ。

「それで、いつここを出るつもり？」

「早い方がいいでしょう。明日の朝には」

「明日⁉　どうしてそんな急に」

「この間、私が蛇神だと知られた時から、そろそろここを去ろうかとは考えていたんです。それだけならまだしも、結局獣憑きになってしまいましたから。あの姿を見ては、村人たちも今までのように接するのは難しいでしょう」

「……そうね」

今まで村人たちは、緑影のことを神様だとありがたがっていた。

だが獣憑きのことを知った村人たちが、今度は緑影のことを「化け物だ」と恐れ、排除しようとするのは容易に想像がつく。

にしても明日の朝とは、ずいぶん急な話だ。

考えていると、緑影は静かな声で言った。

「ただ、あなたが残りたいならここにいてもいいんですよ」

想像もしなかった選択肢だ。

「はあ？　ここに、あたしひとりでってこと？」

「ええ。この家は今は借家ですが、あなたが住み続けるのなら餞別（せんべつ）で差し上げます」

あたしは首を横に振った。

「冗談じゃない。いらないわ、こんな家」

「ここでは暮らしづらかったら、神薙の家を買い戻してはどうですか。私も手伝います。あの地なら、あなたの故郷です。見知らぬ土地よりは、暮らしやすいでしょう」

本気で言っているのだろうか。

……やっぱり何も分かっていないようだ、この男は。

あたしはきっぱりと答えた。

「嫌よ。付いて行くわ、緑影に。あんたの側にいてあげる」

そう答えると、緑影は驚いたように目を瞬いた。

「だってひとりだと、また獣憑きになった時に困るでしょ」

そう言った後、少しだけ素直になってもいいかもしれないと思った。

あたしは着物の裾をぎゅっと握り、付け加える。

「それに、あたしが緑影の側にいたいの。どこだって、付いて行く。たとえ向かうのが、地獄でも」

緑影は、しばらく面食らった顔をしていた。

それから、くすくすと声を立てて笑う。

「相変わらず、意味の分からないことを言いますね。あなたのわがままも、意地を張るところも、一度言い出したら譲らないところも、もう慣れました」

緑影は息をついてから、やわらかく微笑んだ。

こんな風に緑影が嬉しそうに微笑むのは、珍しい。

「分かりました。沙彩が飽きるまで、付いて来てください。どこにでも」

あたしは目を細めて頷いた。

「ええ」

「では、明日の朝に発ちましょうか」

その日の夜、あたしは夜中にこっそり家を抜け出し、多恵子の家の前に訪れた。

こんこんと、木でできた玄関の戸を叩いてみる。

返事はない。

こんな小さな音では、気づかないか。

だがこれ以上大きな音を出すと、他の家族が起きるかもしれない。

どうしようか迷っていると、からりと音を立てて扉が開く。

あたしは驚いて少し後ずさった。

「……多恵子」

彼女は困ったように微笑んだ。

「人の気配がしたから、沙彩ちゃんだと思ったの。というより、私も沙彩ちゃんと話したいと思っていたから」

多恵子も家を抜け出して、玄関の戸をそっと閉める。

「家族は平気？」

「うん、今はみんな眠ってるから。少し外に出ようか」

あたしと多恵子は田んぼの周りの畦道を歩いた。

相変わらず、ここは夜でも虫の鳴き声でうるさい。そう考え、これを聞くのも今日で最後になるのだと気づく。そう思うと、ほんの少しだけ感慨深いかもしれない。

多恵子は空を見上げて呟いた。

「この間まで暑かったのに、もう秋になるんだね。夜は寒いくらい」

あたしは足を止め、彼女の背中に向かって言った。

「運命の番って知ってる？」

彼女はどうしてそんな話をするのだろうというような顔をした。

「天ツ国が由来だっていう、お伽噺でしょう？」

「……あれは、ただのお伽噺ではないの」

今日ここに来たのは、多恵子に「彼女が緑影の運命の番であること」を打ち明けるためだ。

多恵子に何も言わずに、ここを去ることもできた。

むしろ、直前までそうしようと考えていた。

言わなければ、多恵子は自分が緑影の運命の番だと知らないままで生きていく。あたしは緑影を失わずにすむ。

けれど、そうすればあたしはきっと一生後悔するだろう。

多恵子のためではない。これはあたし自身のためだ。

あたしは運命の番が何かを説明した。

生まれ落ちた時に、神と人間で決まるものだということ。

出会った瞬間から惹かれ合い、結ばれる運命になること。

それには絶対に抗えないと言われていること。

そして緑影が、多恵子の番だと言うこと。

ひとしきり話したあたしは、小さく息をつく。

「だから多恵子が望むなら、緑影と添い遂げる未来もあるの」

想像して、またちくりと胸が痛む。

「運命の番の力が、どれだけ強いかは分からない」

それからあたしは弁明するように言った。

「さっき、獣憑きに変わったこと……驚いたと思うけど、普段はあんなことないのよ。抑える薬もあるし。……それにきっと多恵子と正式な番になれば、ああやって暴走することもなくなると思う」

そう、多恵子から緑影を引き離すことは、彼のためにならないのではないか。

今まで何ヶ月も収まっていたのに、突然獣憑きが暴走した原因があるとすれば、多恵子が至近距離にいたからだろう。

もし番の側にいたくて暴走するのなら、正式な番になるべきだ。

「今日は、それを言いたくて来たの」

多恵子はしばらく真剣な表情で黙っていた。

永遠のように長い沈黙に感じたが、おそらく時間にすれば数分だったのだろう。

やがて、多恵子は柔らかく微笑みながら告げた。

「沙彩ちゃん、そんなに不安そうな顔をしないで」

その言葉に、顔を歪める。

あたしはそれほど、不安な顔をしていたのだろうか。

「大丈夫よ、私は何も変わらないから。私は大蛇に変わる人を旦那様にするのは、やっぱり怖いわ」

「でも……」

「それに蛇喰さんは、沙彩ちゃんの大切な人なんでしょう」

違うという言葉が、喉まで出かかった。

けれど、本当の気持ちを伝えるべきだ。

「……うん」

「私ね、この間隣村の婚約者のところに、改めて挨拶に行ったの。ふたりで会話して、いい人だなって素直に思えた。不器用だけど、私のことを大切にしてくれると思う。彼のお母さんもお父さんも、優しかったわ。私にはもったいないくらいの人なの。だから私、何も不満なことなんてないのよ」

彼女が微笑むと、強張っていた心が解けたような気持ちになる。

最初に出会った時から、多恵子はずっとそうだった。


それから多恵子に帰ろうと言われ、また家までの道を歩く。

本当に、こんな風に終わらせていいのだろうか。迷いは消えないが、安堵もしている。

多恵子の家まで到着し、中に入る間際、多恵子は振り返って問いかけた。

「沙彩ちゃん、この村を出て行くの？」

多恵子はあたしたちが去ろうとしていることに気づいたようだ。

「だから、最後に話しに来てくれたのね」

「……ええ、そう。もうすぐ。どうして分かったの？」

「沙彩ちゃんには、こんな狭い村は似合わないもの。最初に会った時から、きっと遠くない未来に、ここからいなくなってしまうんだと思っていたわ」

そう言ってから、多恵子はぽつりと呟いた。

「寂しいな」

あたしはそのことには触れず、彼女に告げた。

「おやすみ、多恵子」

「うん、おやすみ。また明日」

終章

あたしは荷造りをしながら、緑影に問いかけた。

といっても、やはり自分の荷物はほとんどない。

着物が数枚だけだ。小さな鞄ひとつに、すべて収まってしまう。

緑影がその鞄を持ってくれたので、あたしは縁日で取ってもらったウサギのぬいぐるみを抱えようとする。

「それ、本当に持っていくつもりですか？」

「もちろんよ。緑影が取ってくれたんじゃない」

「そうですが、邪魔でしょう。処分したらどうですか」

「なんてことを言うのよ！　嫌よ、もうすっかり愛着が湧いているんだから！」

そう抗議すると、緑影はおかしそうに笑った。

「では、荷物と一緒に送ってもらいましょう。この箱の横に置いておいてください」

「……分かったわ。絶対に忘れないよう、伝えておいてよ」

「はいはい」

あたしはすっかりものがなくなった家の中を見渡した。

緑影が薬を作るのに使っていた道具など、引っ越しに必要だけどかさばるものは、箱に詰めて居間に置いてある。あたしたちが発った後すぐに、緑影の使用人がこの荷物だけ運び出してくれる寸法になっているらしい。

家具はほとんどもともとここにあったものを使っていたから、簡単に家を発つ準備が終わった。

窓の外を覗いてみる。東の空が少しずつ白んでいく。もうすぐ夜が終わり、朝が来る。ここの村人たちが早起きとはいえ、さすがにまだ起きている人間はいないだろう。

あたしと緑影は家を出て、扉を閉ざした。

それから駅に向かって歩き出す。

最後に、ちらりと多恵子の家を見た。

駅への道を歩きながら、あたしは緑影に問いかけた。

「ねえ、運命の番って絶対なんじゃないの？　大丈夫なの？　あたしを捨ててあの子を選んだ方が、きっと幸せになれるわよ」

「さあ、分かりません。何しろ番に出会ったのも、それをはね除けたのも生まれて初めてですから。運命の番には不可解な部分も多いんです。今度はそれを調べてみるのもいいかもしれません。まあ私は彼女個人には、何の思い入れもありませんし」

そう言ってから、緑影は笑って付け加える。

「彼女も化け物に嫁ぐくらいなら、隣村の工場の跡取りと結婚した方が幸せでしょう」

その言葉に、思わず目を見開く。

緑影はしてやったりという顔をしていた。

多恵子の家の事情は、こいつには話していないはずなのに。どうやって知ったのだろう。相変わらず、食えない男だ。

あたしはほんの少しの間だけ自分の家だった場所を振り返り、ぽそりと呟いた。

「この村ともお別れね」

本当に、これで最後だ。

隣を歩く緑影は、こちらを見つめて言った。

「少しは愛着が湧きましたか？」

あたしは力を込めて否定する。

「ぜんっぜん！　こんな村、何もいいところなんかなかったじゃない！　年寄りばっかりだし、閉鎖的だし、あたしの好きなハイカラな店は何もないし。吊り橋も崩れて死にそうになるし、嫌いで嫌いで仕方なかったわ！　一刻も早く出て行きたかったから、せいせいしてるわよ！」

その言葉を聞いて、緑影はおかしそうに笑った。

あたしは村であったことを思い出して言う。

「……まあ、ほんのちょっとだけ、いいところもあったかもしれないけど」

心残りがあるとしたら、畑の野菜くらいか。とはいえ、持っていくわけにもいかないから諦めるしかない。

それに、やっぱり多恵子には挨拶くらいすればよかっただろうか。

村を出ることは、多恵子以外には話していない。

他の村人たちは、あたしたちがいなくなってどんな反応をするだろう。やはり安堵するだろうか。

今となっては分からないし、興味もない。

誰にも気づかれないうちに、そっと旅立とう。

そう考えて再び歩みをすすめると、後ろから聞きなれた声がした。

「沙彩ちゃんっ！」

振り返ると、こちらに向かって必死に駆けてくる多恵子の姿が見えた。

その姿に、また心が揺れる。

……今でも、少し迷っている。

多恵子と緑影を引き離すことは、本当に正しい選択なのだろうか。

これが最後の機会だ。

あたしが身を引けば、多恵子は緑影の番として選ばれる。

だけどあたしは、そうすることができない。

もしこれが間違っていたとしても、あたしはきっと何度だって、同じ選択をするだろう。

こちらに走ってきた多恵子は、ぜいぜいと息をはく。

「よく分かったわね」

多恵子はまだ苦しそうに息をつきながら、あたしを見上げた。

「行ってしまうのね」

「ええ、誰にも気づかれないうちに行こうと思ったのに」

多恵子の瞳から、ぽろりと涙が流れる。涙で顔をぐしゃぐしゃにしながら、多恵子はあたしの手をぎゅっと握った。

「どうして出発の日を教えてくれなかったのっ！」

温厚な多恵子がこんな風に怒るのを見るのは、初めてだった。貴重な団子を落とされた時だって、あんたが謝る必要はないと理不尽に怒られた時だって、笑っていたのに。

「お別れの挨拶すら、できないところだった。離れても、ずっと友達でいてね」

もしかしたら、多恵子はあたしの初めての友人だったのかもしれない。

女学校に通っていた時も、他愛ない話をする同級生はいた。

けれど、あたしは彼女たちを対等な友人だとは思っていなかった。

取り巻きのようにあたしの機嫌を取ろうとする女子のことは、見下していた。

家が裕福な地位の高い女子には、見下されないように、自分の落ち度を指摘されないよう、取り繕うことに必死で敵対心を抱いていた。

多恵子のように、飾らない自分を見せても、あたしのことを心から思ってくれる友人は、彼女が初めてだったのではないか。

今さらそう理解すると、急にさみしさが込み上げてきた。

あたしまでつられて泣きそうになったので、ぎゅっと唇を嚙む。

「これ、あげるわ」

あたしは髪につけていたリボンを外し、多恵子に手渡す。

多恵子は目を見開き、小さく顔を横に振る。

「貰えないわ！　沙彩ちゃんの大切なものでしょう？」

「ええ、すごく大切なものよ。だから多恵子に持っていて欲しいの」

多恵子はまた涙を目に浮かべて言う。

「でも私には、どうせ似合わないわ……」

「自分のことを卑下するのはやめなさい。多恵子の優しいところは美点よ。あたしはその優しさに、何度も救われたわ」

あたしは多恵子の髪に、リボンを結んでやった。

「ほら、よく似合うわ」

そう言って微笑むと、多恵子はまたぼろぼろと涙を流した。

「沙彩ちゃん、幸せになってね」

「ええ、多恵子も」

そう言って、今度こそ本当に多恵子に別れを告げた。

それから数分歩き、駅に到着する直前、緑影が抜けたことを言い出した。

「すみません、忘れものをしました」

「忘れもの？　家の中には、ほとんど何もなかったと思うけど。荷物、使用人に送ってもらうんでしょ。その時じゃダメなの？」

「はい、大切なものなんです。すぐ戻って来るので、駅で待っていてください」

あたしは緑影がこのままいなくなるのではないかと、不安を感じた。

だが、緑影は譲らない顔をしている。

「……分かったわ。早く戻ってきなさいよ」

沙彩を見送り、気落ちしながら家までの道をとぼとぼと歩いていた多恵子は、後ろからこちらに近づくものの足音を聞き、不思議そうに振り返った。

先ほどまでは自分たちから離れ、一言も話そうとしなかった緑影が、すぐ後ろにいた。

緑影の姿を認めた多恵子は、怯えたようにびくりと身をすくませた。

暴れていた恐ろしい大蛇のことを思い出し、青ざめる。

緑影は、落ち着いた声で言った。

「怯えずとも平気です。言い忘れたことを、伝えに来ただけですから」

「言い忘れたこと……？」

多恵子は不思議そうに問う。

緑影の瞳が、金色に輝いた。

多恵子は魅入られたように、彼の瞳を見つめる。


「私のことは忘れてください」


まるで、脳に直接言葉が刻み込まれたようだった。

「……はい」

多恵子はうわ言のように返事をし、虚ろな瞳で考える。

彼は、誰だったっけ。

どうしてここにいるの。

忘れてほしいと言われたから、きっと忘れてかまわないのだろう。

……だけど、彼からとても甘い香りがする。

むせるような花の香り。

自分の中で、もうひとりの自分が叫んでいる気がする。

彼を引き留めた方がいいのではないか。
でも、全身が重くて、動けそうにない。
早く。早くしないと、いなくなってしまう。
もう二度と、会えなくなる。
灰色がかった緑色の長い髪が揺れ、自分から遠ざかっていく姿を見送る。
自然と瞳から、涙がこぼれ落ちた。
「さよなら」
緑影はそう最後に呟いた。
やがて、多恵子に彼の姿は見えなくなった。

駅のホームで椅子に座っていたあたしは、何度も何度も入り口を見つめる。
「遅い！　あいつ、本当に何してるのよ……」
不安が胸の中に広がっていく。
緑影は、少し目を離すと、煙のように消えてしまいそうな雰囲気を持っている。

大丈夫、すぐに戻るって言ってたもの。

だけど……。

やっぱり捜しに行こう。

そう考えて、ホームの椅子から立ち上がった時だった。

こちらに歩いてくる緑影の姿が見えた。

「お待たせしました」

あたしはほっとして、緑影の胸を小さく叩く。

「遅いわ！」

彼が戻って来てくれたことに、心底安堵した。


それから、あたしと緑影は電車に乗りこんだ。

座席に座り、窓から外の景色を眺める。

しばらく待っていると、ガタガタと音を立てて電車が動き出した。

「それで、これからどこに行くの？」

「実は、明確に決めていないんですよね」

「え、珍しいわね、あんたにしては。ふうん、そうなの」

あたしは遠ざかっていく景色を見送って言った。

「今度はもう少し都会がいいわ」

「そうですね。まあ、ゆっくり考えましょう。何しろ、人生は長いですから」

あたしは誰にも聞こえないような声で呟いた。


「いつか椿にも、また会えるかしら」


あたしが過去にやったことは、消えない。

今さら善人ぶるつもりもない。

それでも、受け入れて生きていくしかないのだ。

罪を償い、もう少し人の役に立つ生き方をして、自分を許せたら、その時はいつか椿に会いに行けるだろうか。


それから、どのくらい時間が経っただろう。眠っていたあたしには、はっきりとは分からなかった。

気がつくと、電車はどこかの駅に停車していた。

終点だという放送が、構内に流れている。

緑影がこちらに手を差し出した。

あたしはその手を取り、電車を降りる。

そして新しい町を目指して、ふたりで歩きはじめた。

あとがき

こんにちは。御守いちると申します。

この度は本作を手に取ってくださり、誠にありがとうございます。

この小説は以前刊行された『狼様の運命の花嫁』という小説のスピンオフとなっております。この本だけでも読めるようにしたつもりですが、よく分からなかったなという方はよろしければそちらも合わせて読んでいただけますと嬉しいです。

読者様のおかげで『狼様～』は発売してすぐに重版がかかり、本作を書かせていただく運びとなりました。『狼様～』が発売した数日後、書店を回って本が置いてあるかなと歩いていた時に続編のご連絡をいただいたので、嬉しくて小躍りしながら帰宅したのを覚えています。

最初は椿と統真の話の続きだと思っていたのですが、担当さんに「沙彩と蛇喰のその後の話にしませんか」と言っていただいて、ふたりがメインの話になりました。

キャラクター文芸のジャンルでは基本的に明るくて前向きな女の子が主人公として好まれる傾向にあるので、私の今までの小説の主人公もそういう性格の女の子が多いです。

沙彩のような「言いたいことは絶対に言う！　やりたくないことは絶対やらない！」という我が強い子を主人公に書いたのは初めてだったので、とても新鮮で楽しかったです。

沙彩と蛇喰はこれからも痴話喧嘩をしつつ、仲良く暮らしていくと思います。

最後に謝辞を。

担当の山田様。この物語が書けたのは、ふたりの話を読んでみたいと言ってくださった山田様のおかげです。いつも本当にありがとうございます。

前作に引き続き、カバーイラストを担当してくださった白谷ゆう様。沙彩と蛇喰のイラストが見られて感無量です。素晴らしいイラストをありがとうございました！

そしてこの本の制作に関わってくださった皆様。

何よりこの本を読んでくださった皆様に、心からの感謝を。

また機会がありましたら、次の本でお目にかかれることを祈っております。

御守いちる

この物語はフィクションです。
実在の人物、団体等とは一切関係がありません。
本作は、書き下ろしです。

御守いちる先生へのファンレターの宛先

〒101-0003　東京都千代田区一ツ橋2-6-3　一ツ橋ビル2F
マイナビ出版　ファン文庫編集部
「御守いちる先生」係

蛇神様の不都合な運命

2024年2月20日　初版第1刷発行

著　者　　御守いちる
発行者　　角竹輝紀
編集　　山田香織（株式会社マイナビ出版）
発行所　　株式会社マイナビ出版
〒101-0003　東京都千代田区一ツ橋2丁目6番3号　一ツ橋ビル2F
TEL 0480-38-6872（注文専用ダイヤル）
TEL 03-3556-2731（販売部）
TEL 03-3556-2735（編集部）
URL https://book.mynavi.jp/

イラスト　　白谷ゆう
装　幀　　円と球
フォーマット　　ベイブリッジ・スタジオ
ＤＴＰ　　富宗治
校　正　　株式会社鷗来堂
印刷・製本　　中央精版印刷株式会社

平安陰陽怪異譚

著者／御守いちる
イラスト／加糖

怪異に愛される貴族と彼を守る堅物陰陽師が
都で起きる怪奇事件を解決していく

幼いころから怪異に愛される体質でよく怪奇事件に巻き込まれる頼寿。殺人の嫌疑をかけられた頼寿を助けるべく、友で陰陽師の千景は彼とともに真相を探ることに──。

Fan
ファン文庫

狼様の運命の花嫁

狼神からの末裔から、突然の婚約の申し出…
「迎えに来たぞ、俺の運命の番」

番という半ば強制的な婚姻だったが統真の心に触れ、
椿は次第に彼の力になりたいと思うように。
神様×人間の恋愛ファンタジー、開幕。

著者／御守いちる
イラスト／白谷ゆう

Fan
ファン文庫

帝都吸血鬼夜話
少女伯爵と婿入り吸血鬼

著者／片瀬由良
イラスト／條

腕利き吸血鬼・紫蜂と
男勝りな少女・紅蝶の明治吸血鬼浪漫譚

時は明治。突如、人間や吸血鬼を無差別に襲う吸血鬼の変種『羅刹鬼』が現れる。羅刹鬼に対抗すべく強面吸血鬼は男勝りな少女伯爵と政略結婚することに――!?

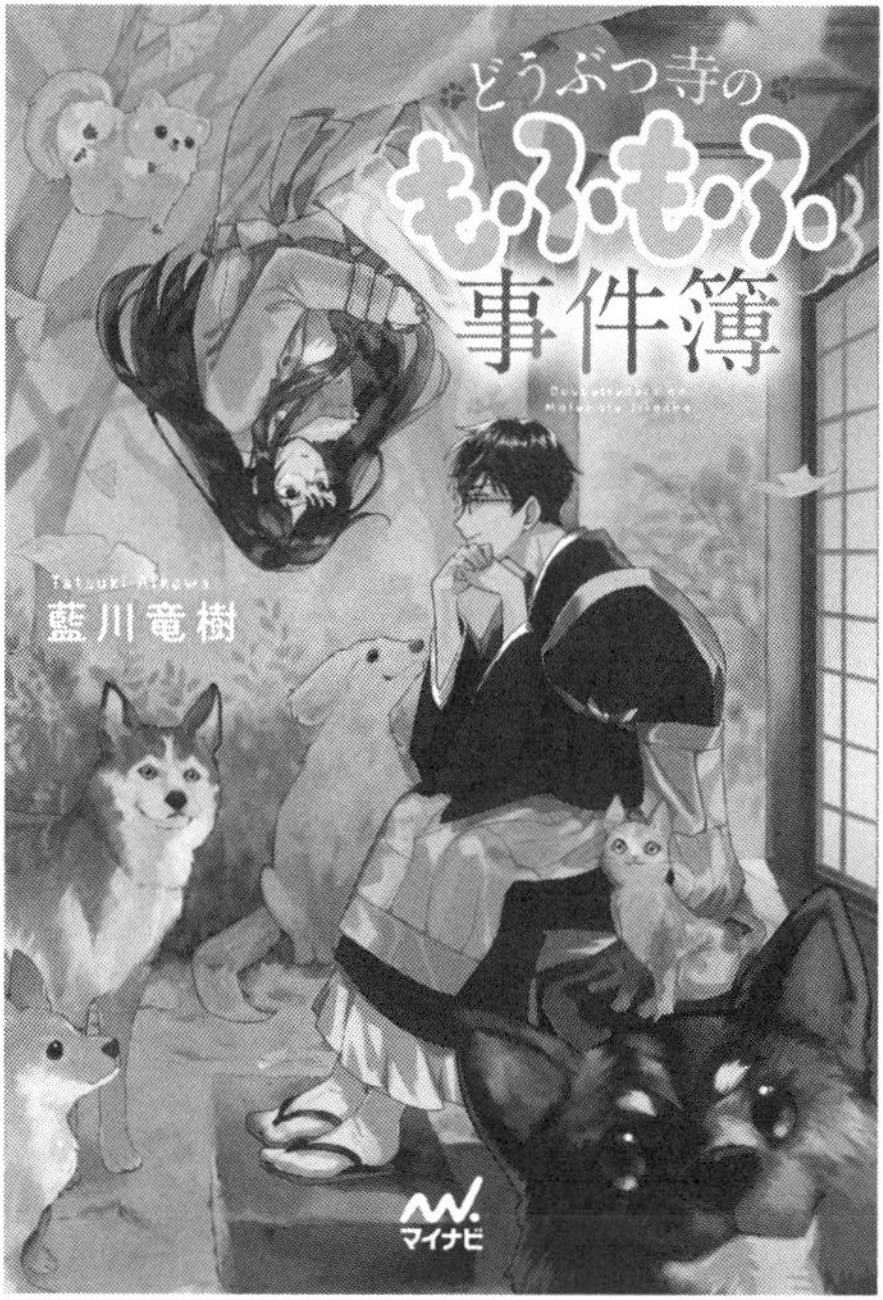